Uwe Goeritz

Heiße Küsse
im Advent

Bibliografische Information der Deutschen Nationalbibliothek:

Die Deutsche Nationalbibliothek verzeichnet diese Publikation in der Deutschen National-bibliografie; detaillierte bibliografische Daten sind im Internet über http://dnb.dnb.de abrufbar.

Coverbild: von Jill Wellington auf Pixabay

Covergestaltung: Marion Jana Goeritz

Herstellung und Verlag: BoD – Books on Demand, Norderstedt

ISBN: 978-3-7526-1175-5

Inhaltsverzeichnis

Anmerkungen und Warnungen (CW)

Diese Erzählung enthält detaillierte Schilderungen von Sex und sollte daher Jugendlichen unter 16 Jahren nicht zugänglich gemacht werden.

Sämtliche Figuren, Firmen und Ereignisse dieser Erzählung sind frei erfunden. Jede Ähnlichkeit mit echten Personen, ob lebend oder tot, ist rein zufällig und vom Autor nicht beabsichtigt.

Achtung! Diese Erzählung beinhaltet auch Schilderungen von Handlungen, die Sie wegen sexuellen Missbrauchs, Misshandlung von Erwachsenen oder sexualisierte Gewalthandlungen triggern und damit belastend oder retraumatisierend wirken könnten. Die entsprechenden Kapitel sind mit einem CW (Content Warnung) in der Überschrift des Kapitels und im Inhaltsverzeichnis markiert.

1. Kapitel

Der Morgen danach

Und wieder neigte sich ein Jahr langsam seinem Ende zu. Es ist November in einer tief verschneiten Stadt, irgendwo in Mitteldeutschland. Für einen Sonntag ist an diesem Morgen auf den Straßen schon richtig viel Verkehr und obwohl der Straßenwinterdienst alles in seiner Macht Stehende tut, um die Wege befahrbar zu halten, kommt es dennoch zu Unfällen. Zwei Autos rutschten auf einer Kreuzung frontal ineinander und der Rettungswagen fährt mit Blaulicht vor, um den verletzten Mann in die Notaufnahme zu bringen.

Die Geräusche der Sirene, einer zufallenden Tür und eiliger Schritte weckten die junge Frau, die in dem Haus, nur einen Schneeballwurf entfernt, im Bett gelegen hatte. Conny öffnete ihre Augen und brauchte einen Moment, um zu begreifen, wo sie sich befand. Es war jedenfalls nicht das Zimmer in ihrer Wohnung. Das Bett neben ihr war zerwühlt und schlagartig setzten sich in ihrem Kopf die Bruchstücke dieser Nacht zusammen.

Was für eine Nacht! Sie lag nackt unter einer dünnen Decke. Am Vorabend waren sie zu zweit in diesem Hotel gelandet, aber wo war der Mann hin, der ihr diese Nacht so unvergleichlich gemacht hatte? Im Bad? Conny richtete sich im Bett auf, strich sich die nach vorn fallenden Haare zurück und lauschte in diesen beginnenden Tag hinein. Nur draußen waren schon Geräusche zu hören, im Zimmer jedoch war Stille. Nein! Der Mann hatte sich davongeschlichen, ohne einen Gruß zu hinterlassen! „Schade!", sauste es durch ihren Kopf.

Die junge Frau ließ sich im Bett zurücksinken und träumte sich zurück, zum Beginn dieser Nacht. Alles hatte auf dem Weihnachtsmarkt begonnen. Mit zwei Gläsern Glühwein! Aus lauter Langeweile hatte sie am Nachmittag zuvor die Wohnung verlassen, weil ihr langjähriger Freund Frank bei einer Weiterbildung war und noch mindestens eine Woche dort im Süden bleiben würde.

In immer neuen Bildern zeichnete sich ihr Weg bis zu diesem Moment des Erwachens vor ihrem inneren Auge ab. Der Weihnachtsmarkt, die Bar und dann diese braunen Augen, die sie gefesselt hatten und nicht mehr losließen. Da war etwas so warmes und vertrautes darin gewesen und das, wo sie diesen Mann noch nie zuvor gesehen hatte. Groß, stark, schwarzhaarig und unglaublich zärtlich war er gewesen.

In der Bar hatten sie sich einfach gut unterhalten und nichts hatte dabei auch nur im Entferntesten daran denken lassen, das sie nun hier nackt unter dieser dünnen Decke liegen würde. So etwas war ihr noch nie passiert. Einfach so mit einem fremden Mann mitgehen, ein Hotelzimmer nehmen und dann einfach nur wilden, hemmungslosen Sex haben. Mit einem Unbekannten.

Einfach nur ein One-Night-Stand! Sie wusste nichts von ihm, noch nicht mal den Vornamen. Gar nichts, nur, dass er einfach himmlisch küssen konnte. Noch immer schmeckte sie ihn auf ihren Lippen. Träumend sah sie zur Decke hinauf, als ihr die Tragweite dessen so richtig in den Kopf stieg. Sie hatte ihren Freund betrogen!

Erschrocken fuhr sie hoch und setzte sich erneut im Bett auf. Die langen braunen Locken fielen abermals nach vorn, als wollten sie die Schande hinter diesem Vorhang verbergen. Mit beiden Händen schob die Frau ihre zerzauste

Mähne nach hinten und sah sich im Zimmer um. Ihre Sachen lagen vor dem Bett auf dem Boden und nun zog es sie in das Bad hinüber. Wollte sie diese Nacht von sich spülen? Das würde nicht gehen! Da konnte sie unter dem Strahl der Dusche noch so lange schrubben!

In das Betttuch gehüllt huschte sie auf nackten Sohlen in den Raum hinüber. Diese Dusche war geräumig. Da hätten sicher auch zwei darunter gepasst und ein erneutes „Schade!", entfuhr ihr bei diesem Gedanken. Das vom Hotel bereitgestellte Duschgel duftete so herrlich und das warme Wasser auf ihrem Körper erinnerte sie viel zu sehr an seine streichelnden Finger auf ihrer heißen Haut.

Irgendetwas stimmte hier doch nicht! Ihr Verstand sagte gerade, dass es falsch gewesen war und ihr Körper rief im selben Moment „Es war so schön! Ich will mehr davon!"

„Es war falsch!", sagte sie laut vor sich hin, drehte den Wasserstrahl ab und trat aus der Dusche. Mit dem Föhn in der Hand sah sie sich im Spiegel an. Auch, wenn sie nicht verheiratet waren, so war es doch ein Seitensprung gewesen.

Das Ganze wäre sicherlich ihrer Freundin Sabine zuzutrauen gewesen und nicht ihr. Immer schon war sie die Besonnene, die kühle Rechnerin gewesen. Nicht so spontan und sexpositiv, wie die gleich alte Freundin.

Erneut musste sie an Frank denken. Seit mehr als fünf Jahren waren sie nun schon zusammen. Und nun das hier! Wenn die Freundin ihr von so etwas erzählt hatte, dann hatte sie bisher immer den drohenden Zeigefinger erhoben. Da steckte sicher die Erziehung der Mutter noch in ihr drin und gerade deshalb konnte sie im Moment nicht verstehen, warum sie mitgegangen war. Sie hätte doch jederzeit „Nein!" sagen können.

Mit einem Blick auf das Handy stellte sie fest, dass es schon nach neun Uhr war und sie ja irgendwann auch mal aus dem Zimmer musste, denn sonst würde sie sicherlich für eine weitere Nacht bezahlen müssen.

In ein Duschtuch gewickelt, suchte sie auf Knien ihre Wäsche in dem Raum zusammen. Aber trotz langen Nachsuchens fand sie den Slip nicht. „Verdammt!", stieß sie aus und legte die Wäsche auf das Bett. Jeans ohne Slip darunter?

Das klang ihr irgendwie zu abartig, aber im Moment würde wohl kein Weg daran vorbeigehen.

Ein letzter verzweifelter Blick umher, dann stieg sie in das erste Hosenbein und anschließend in das zweite. Es fühlte sich so unglaublich seltsam an. Nun schnell den Rest der Wäsche anziehen und raus hier. Mit einem kurzen Blick in ihre Geldbörse überschlug sie, wie viel das Zimmer wohl kosten würde. Es war Ende des Monats und das neue Geld war sicherlich noch nicht gebucht. Der Dispo bis zum Limit ausgereizt. Die EC Karte wäre damit für sie Tabu. Und nur zwei Zwanziger steckten im Notenfach!

Würde das reichen? Vielleicht hatte der Mann schon bezahlt? Vierzig Euro die Nacht war ihr die Sache zwar Wert gewesen, aber im Moment hoffte sie noch auf ihren unbekannten Gentlemen. Conny warf einen letzten Blick in das Zimmer, zog die Tür hinter sich zu und sah zur Treppe hinüber.

Mit dem Schlüssel des Zimmers in der Hand stieg sie zur Lobby hinab und trat an die Rezeption.

Jeder Schritt erinnerte sie dabei daran, dass der Slip fehlte. Warum hatte sie eigentlich nicht eine etwas weitere Hose gekauft? Der harte Stoff der Jeans rieb und zwickte an ihrem, nach dieser Nacht ganz besonders empfindlichen, Schoß.

„Der Herr hat schon bezahlt", entgegnete die Frau, die ihr den Schlüssel abnahm. Nun fiel Conny ein Stein vom Herzen, denn sie hatte auf einem der Flyer des Hotels gerade die Preise gelesen. Der Mann hatte sich nicht lumpen lassen. „Er hat auch ihr Frühstück mitbezahlt, wenn sie möchten", sagte die junge Frau und zeigte zum Frühstücksraum hinüber.

„Kaffee und Croissant? Warum nicht?", sauste es durch Connys Kopf. Für einen Moment war die fehlende Unterwäsche vergessen und sie lief die fünf Meter in den Raum hinüber.

Der Kaffee war wirklich ausgezeichnet und mit dem Blick auf den verschneiten Garten des Hotels ließ es sich so herrlich genießen. Sogar ein geschmückter Weihnachtsbaum stand dort draußen und mit diesem Baum kam erneut die Erinnerung an den Beginn des Abends zurück. Der Ausflug zum Weihnachtsmarkt.

Nur für ein paar Stunden hatte sie Ablenkung gesucht, weil Frank nun mal auch am Wochenende auf seiner Weiterbildung war. Trotzdem hätte das nie passieren dürfen. Niemals! Unter keinen Umständen! Und jetzt?

Sie musste es Frank sagen. Unbedingt!

Aber nicht am Telefon. Und nun rang in ihr die Pflicht zur Mitteilung damit, dass es außer ihr niemand wusste. Sollte sie einfach den Mund halten und es verschweigen? Das wäre sicher Sabines Ratschlag gewesen, aber sie konnte das nicht. Es fühlte sich falsch an und das war es wohl auch. Oder etwa nicht?

Conny tunkte das Croissant in den Kaffee und spürte, wie ihre Ohren rot wurden. Die Hitze stieg ihr in den Kopf. So eine einfache Bewegung und sie war sofort wieder daran erinnert, was in dieser Nacht geschehen war. Sie würde das niemals Geheimhalten können.

2. Kapitel

Ein Schlag zu viel! (CW)

*A*ndrea lief die Straße entlang und eigentlich wusste sie nicht, wohin sie wollte. Nur eines wusste sie, sie musste fort! Fort von ihrem Freund. Das schmerzende Auge verdeckte eine Sonnenbrille, die sie sonst am frühen Tag nicht brauchte, aber sie wollte niemanden erzählen, was in dieser Nacht vorgefallen war. Viel zu sehr schämte sie sich dafür. Und gleichzeitig war sie auch noch zornig, dass sie so lange Zeit bei ihm geblieben war.

Es war der Morgen des ersten Advents und die junge Frau war viel zu verwirrt, um einen klaren Gedanken in ihrem Kopf behalten zu können. Wohin nun? Die Kälte des Wintertages zog durch den dünnen Mantel, den sie sich auf der Flucht gegriffen hatte. Nur die Handtasche und der Mantel waren ihr noch geblieben. Für mehr hatte die Zeit nicht gereicht, als Theo am Morgen von ihr abgelassen hatte und im Bad verschwunden war.

Überstürzt war diese Flucht gewesen, aber sie hatte es nicht mehr ausgehalten. Bisher hatte er sie immer nur angeschrien und sie hatte, bis zum Abend zuvor, fast immer Mitleid mit ihm gehabt.

Was war nur geschehen? Der Freund hatte seinen Job verloren und das hatte ihn offensichtlich ziemlich aufgeregt. Und bisher hatte sie da irgendwie immer Verständnis dafür aufgebracht, obwohl es für sein Verhalten schon lange nichts zu verstehen gab. Bislang hatte sie sich immer zurückgenommen, um ihn nicht weiter zu provozieren, doch der Schlag war ein Schlag zu viel gewesen!

Nur noch die Angst steckte in ihr. Und kein Ausweg in Sicht. Zumindest nicht so lange, wie sie hier Kopflos durch den Schnee lief.

Abrupt stoppte sie und sah sich um. Wohin konnte sie sich wenden? Schnell kontrollierte sie ihren restlichen Besitz. Ein paar Euromünzen waren in der Manteltasche. Das würde nicht lange reichen. Die Brieftasche hatte sie vergessen. Nur der Ausweis und das Handy waren in der Handtasche. „Mist!", stöhnte sie auf, aber zurückgehen wollte sie nicht.

Als sie den Blick hob, befand sich vor ihr ein Café, das zu dieser frühen Stunde schon geöffnet hatte. Ihr Atem flog als weiße Fahne zum Himmel und der Frost zwickte ihr in die Nase. „Erst mal schnell aus der Kälte raus!", sagte sie sich selbst. Dort drin konnte sie dann nachdenken und für einen Kaffee würde das Geld wohl gerade so reichen. Wie gehetzt betrat sie den Raum und sah sich schnell um. Nur eine einzige Frau befand sich in dem Raum und trotzdem wagte Andrea es kaum, die schützende Sonnenbrille abzunehmen.

Sie setzte sich in die Ecke und die Bedienung kam zu ihr herüber. „Einen Kaffee!", sagte sie und versuchte dabei, die andere Frau nicht anzusehen. Die Hand vor ihrem Auge würde vielleicht den blauen Fleck verdecken. Die Bedienung ging zu ihrem Tresen zurück. Unmittelbar darauf erhob sich Andrea und lief nach hinten, wo sich die Toilette befand.

Bei einem Blick in den Spiegel erschrak sie fast, denn das tiefe Blau um ihr Auge sagte mehr, als sie sich selbst eingestanden hatte. Bisher hatte es nur geschmerzt, aber nun schwoll das Auge langsam zu. Damit stand definitiv fest, was sie bisher vielleicht noch nicht wirklich wahrhaben wollte: Zu Theo wollte sie nie wieder zurück!

Aber wohin sonst? Schnell wusch sie sich das Gesicht und trocknete sich die Tränen ab.

Als sie immer noch ratlos zu ihrem Platz zurückging, stand der Kaffee schon dort. Sich an der Tasse wärmend dachte sie nach, denn sie musste ihre Gedanken klären, um zu einem brauchbaren Einfall zu kommen. War sie hier sicher? Zumindest würde Theo sie hier wohl kaum finden.

Das Handy klingelte und sie zuckte zusammen. Schnell drückte sie seinen Anruf fort und schaltet das Telefon danach aus. Die Frau vom Tresen kam zu ihr herüber und fragte „Alles gut bei dir?" Was sollte sie antworten? Das blaue Auge sagte vermutlich mehr, als sie erzählen konnte. Andrea schüttelte den Kopf. „Warte mal!", sagte die Bedienung und ging zum Tresen zurück. Einen Moment später kam sie mit einem Zettel zurück. „Das ist die Nummer von einem Frauenhaus! Wenn du Hilfe brauchst!" Konnte das die Rettung sein? Sie war es! Dankbar nickte Andrea und fragte „Kann ich mal von dir aus anrufen?"

Die Frau zog ihr Handy aus der Hosentasche und legte es neben das von Andrea. Aufmunternd nickte sie ihr zu. „Dein Kaffee geht auf mich!“, sagte sie noch und ging zurück. Ein paar andere Gäste betraten das Café und Andrea drehte sich so, dass die Wand ihr Auge verdeckte.

Mit zitternden Fingern wählte Andrea die Nummer vom Zettel. Es klingelte zwei Mal, dann meldete sich eine Frauenstimme „Hallo? Kann ich dir helfen?“ „Ja!“ „Wo bist du?“ „In einem Café. Aber ich weiß nicht, wie es heißt!“ Fragend blickte sie zum Tresen und die Bedienung nannte den Namen, den Andrea wiederholte. „Bleibe dort. Ich komme vorbei.“ „Danke dir!“

Das Display erlosch und die Bedienung kam zurück und fragte „Möchtest du was essen?“ „Ich habe nicht viel Geld!“ „Das spielt keine Rolle! Ich helfe dir gern!“ Wenige Augenblicke später hatte Andrea einen Teller mit Brötchen, Butter und Käse vor sich stehen. Auch der Kaffee wurde von der Bedienung nachgeschenkt. „Wie heiß du?“ „Andrea. Und du?“ „Rebekka!“, die Frau gab ihr die Hand und Andrea sagte noch einmal „Danke!“ Dann schob sie das Telefon zurück zu Rebekka, die es wieder in ihre Hosentasche steckte.

Es dauerte drei Kaffee, bevor eine Frau in das Café trat, sich umsah und zu ihr kam, weil Rebekka zu ihr gezeigt hatte. „Ich bin Saskia. Hatten wir vorhin miteinander telefoniert?" „Ich glaube ja! Ich bin Andrea. Bist du vom Frauenhaus?" „Ja!", entgegnete Saskia, setzte sich zu ihr und begann zu fragen „Mann oder Freund?" Dabei zeigte sie auf Andreas Auge. „Freund!" „Möchtest du für eine Weile bei uns unterkommen?" „Ja!" „Gib mir dein Handy, damit du nicht in Versuchung kommst, bei ihm anzurufen. Der könnte dich sonst orten!"

Erschrocken schob Andrea das Telefon zu Saskia. „Es ist schon aus!" „OK! Komm." „Viel Glück!", sagte Rebekka und schob ihr die Münzen zurück, die sie in der Hand hatte und womit sie zahlen wollte. Erneut mit der Sonnenbrille vor den Augen folgte sie der Frau, die nun ihre letzte Hoffnung war.

Nach zwei Dutzend Schritten erreichten sie einen Wagen mit getönten Scheiben, den Saskia in einer Seitenstraße geparkt hatte und mit dem sie zügig durch die Innenstadt fuhren.

Eine halbe Stunde später hielten sie in einem Industriegelände am Stadtrand. „Wir sind da!", sagte die Frau und schaltete den Motor ab. Andrea hob den Blick und erkannte ein schmuckloses, graues Haus. Unauffällig und ohne Schild.

Zu zweit liefen sie durch den knöcheltiefen Schnee zu einem Hintereingang und von dort aus stiegen sie über eine Treppe in das Obergeschoss. Saskia zeigte ihr darin einen langen Gang mit Türen an beiden Seiten, eine Küche und ein Bad. Nach ein paar Schritten, die seltsam laut in dem Gang klangen, waren sie in einem schlichten Zimmer. Es war zweckmäßig eingerichtet! Bett, Tisch, Schrank und zwei Stühle, auf denen sie Platz nahmen. „Möchtest du darüber reden?" „Letzte Nacht! Es war furchtbar! Und dann hat er mich geschlagen!"

Bei der Erinnerung an die Gewalt begannen Andreas Tränen zu laufen. Saskia holte ein Packung Taschentücher aus ihrer Jackentasche und Andrea versuchte ihre Tränen fortzuwischen, aber es kamen immer neue dazu. Tröstend strich Saskia ihr über die Wange.

„Wir machen ein Protokoll und ein paar Fotos! Wenn du ihn später mal verklagen willst! Zur Beweissicherung! Keine Sorge, wir machen nur Polaroids. Keine Negative, keine Aufzeichnungen! Nur du entscheidest, ob du sie verwenden möchtest, aber ich bestätige die Echtheit!" „Machst du so etwas öfter?" Saskia seufzte, nickte und entgegnete „Ich würde gern auch etwas anderes machen, aber leider ist es oft nötig!" „Kann ich mich duschen?" „Ja! Nach den Fotos!" „Und hast du was zum Anziehen für mich?"

Andrea öffnete den Mantel und zeigte, dass sie nur Unterwäsche darunter trug. „Es musste schnell gehen!", sagte sie zur Entschuldigung. „Trainingsanzug und Unterwäsche zum Wechseln. Schlafanzug oder Nachthemd?" „Nachthemd!" „Wenn du mich was fragen willst, dann wohne ich vorn, im ersten Zimmer neben der Küche! Du kannst jederzeit zu mir kommen! Egal wann! Das hier ist dein sicherer Platz! Hier tut dir niemand etwas. Und wenn du möchtest, dann kannst du heute Nachmittag mit uns Kaffee trinken und Stollen essen!" „Danke!", schluchzte Andrea und fiel der anderen Frau um den Hals.

3. Kapitel

Gut und schlecht zugleich

Obwohl Conny nicht wusste wieso, war sie doch auf dem Weg zu Sabine, auch wenn das eigentlich so ziemlich die letzte Person war, mit der sie über diese Nacht reden wollte. Allerdings war es eben Sonntag und der erste Advent! Und mit irgendjemanden musste sie reden, um diese wilde Nacht verarbeiten zu können. Letztendlich hatte sie sich daher für Sabine entschieden.

Durch den Schnee stapfend dachte sie an die andere Frau. Schon ewig kannten sie sich. Seit der Berufsschule, und das war über zehn Jahre her. Beide hatten sie hier in dieser Stadt im Internat zusammen in einem Zimmer gelebt, weil ihre Familien zu weit entfernt gewohnt hatten. Sabines Eltern auf dem Dorf außerhalb und ihre Mutter mehr als hundert Kilometer weiter, in einer anderen Stadt. Zu weit, um jeden Tag hin- und zurückzufahren.

Connys Gedanken flogen zurück zu dem ersten Tag, an welchen sie mit Sabine zusammengetroffen war. Noch bevor sie beide überhaupt die Taschen ausgepackt hatten, hatte Sabine schon knutschend an einem Jungen gehangen. Und so war es dann auch weiter gegangen. Während sie noch Jungfrau gewesen war, hatte Sabine es richtig krachen lassen. In so mancher Nacht war das Knarren des Bettes der Freundin nicht zu überhören gewesen. Und sie? Es hatte fast zwei Jahre gedauert, bis endlich der erste Freund an einem Wochenende bei ihr über Nacht gewesen war.

Die letzten hundert Meter bis zu Sabines Wohnung. Noch war Zeit, um umzukehren, aber es musste raus und Sabine war die einzige, die heute zu erreichen sein würde. Alle anderen waren sicher bei ihren Familien und es hatte nicht die Zeit, um es am folgenden Montag zu bereden, zumal sie dann im Büro sitzen würden und jeder es hören konnte. Da konnte sie auch gleich einen Aushang am schwarzen Brett in der Firma machen.

Woher nahm sie eigentlich die Sicherheit, dass Sabine zu Hause sein würde? Was konnte sie tun, falls ihr Versuch hier vergebens war? Die Mutter anrufen? Davor schüttelte es sie regelrecht. Mit der Mutter über Sex reden? Niemals! Noch ein paar Schritte, dann stand sie vor der

Haustür, drückte den Klingelknopf und ohne Nachfrage ertönte wenig später der Summer. Das war zumindest der Beweis dafür, dass Sabine in ihrer Wohnung war.

Schnell, und fast erleichtert, stieg Conny die Treppe hinauf. Oben hatte Sabine schon die Tür geöffnet und die zerzausten Haare der anderen Frau zeigten deutlich an, dass sie noch nicht sehr lange wach war. Vermutlich hatte sie auch nicht alleine geschlafen. „Ach, du bist es nur", war die wenig ermutigende Begrüßung durch die Freundin, doch sie gab die Tür frei und wenig später saß Conny auf dem Sofa, während Sabine laut gähnend in ihr Bad schlurfte.

Der Geruch von Bier und kaltem Zigarettenqualm lag in der Luft und Conny riss erst Mal das Fenster auf, um den Gestank aus dem Zimmer zu bekommen. Zwei Gläser standen auf dem Tisch und damit stützte dieses Gedeck ihre Vermutung. Vielleicht hatte Sabine den Abend und die Nacht genauso verbracht, wie auch sie selbst.

Da sich Sabine sehr viel Zeit im Bad ließ, begann Conny damit, das Zimmer aufzuräumen und während sie später die Gläser in die Spülmaschine stellte, kam die Freundin in die Küche. „Du musst es ja nötig haben!", sagte sie und rubbelte sich mit einem Handtuch durch die rote Mähne.

Sie hatte ihren Schlafanzug gegen eine Jogginghose und ein T-Shirt getauscht, wobei das Shirt eindeutig zeigte, dass sie keine Unterwäsche darunter trug.

Nachdem ihre Haare endlich trocken waren, warf sie das weiße Frotteetuch einfach in die Spüle und verließ wortlos den Raum. Entgeistert über die schlampige Art der anderen Frau, sah Conny der Freundin nach, ließ das Tuch einfach liegen und folgte ihr in die Stube hinüber. Mittlerweile war der Qualm draußen, aber es war auch empfindlich frisch in dem Raum geworden.

Und nun saßen sie sich gegenüber und Conny suchte Worte, um zu beginnen. „Also? Was ist los?", fragte daher Sabine, die vermutlich sah, wie Conny mit sich selber rang. „Ähm", begann Conny und machte auch sofort wieder eine Pause. Der Sekundenzeiger der Uhr, direkt vor ihr an der Wand, zog eine Runde nach der anderen. War sie nicht hier, um zu reden? Also warum redete sie jetzt nicht einfach?

Noch ein „Ähm" verließ ihren Mund und Sabine verdrehte schon die Augen. Sichtlich genervt lehnte sie sich zurück, angelte sich die Schachtel Zigaretten vom Beistelltisch und zündete sich eine davon an. Der gerade erst nach draußen gezogene Qualm wurde nun wieder durch frischen Rauch ersetzt.

Ein weiteres Ähm wollte Conny nicht von sich geben, deshalb blickte sie dem Rauch hinterher und vermied es Sabine anzusehen, während sie den Beginn des vorangegangenen Abends zu beschreiben begann.

„Und? Wie war es?", fragte Sabine, als Conny zum Ende der Geschichte und dem Erwachen im Hotel gekommen war. Jeder andere hätte ihr vermutlich eine Szene gemacht und die Freundin wollte nur wissen, wie es sich angefühlt hatte.

Und nun war sie wieder dort, wo sie am Morgen begonnen hatte. Sie musste die Situation für sich bewerten. Gut oder schlecht. Das war die Frage. Gut und schlecht! Das war die Antwort. Es hatte sich alles so gut angefühlt, zumindest für ihren Bauch. Aber sollte sie das wirklich sagen? Sabine hatte sich vorgebeugt und war begierig,

ihre Antwort zu erfahren. „Irgendwie komisch!"
„Komisch gut? Oder komisch schlecht?", war die
Entgegnung von Sabine. Und ihr Gesichtsaus-
druck besagte auch, dass sie Conny erst wieder
aus der Wohnung lassen würde, wenn diese die
Frage beantwortet hatte.

„Eigentlich gut!", stellte Conny fest, ohne
dass sie es gewollt hatte. Diese Aussage hatte
sich einfach so ihren Weg gebahnt. Hätte sie sich
nicht eigentlich schlecht fühlen müssen? Der
Kopf legte Einspruch ein! „Ach! Ich weiß auch
nicht!", setzte sie daher nach. „Ja, was denn
nun?", fragte Sabine und lehnte sich zurück. „Irgendwie fühle ich mich schuldig, Frank gegenüber. Andererseits war das der beste Sex meines
Lebens!" „Du musst es ihm ja nicht sagen. Genieße einfach das, was du gehabt hast. Wer weiß
schon davon?" „Ich und du. Und der Fremde!"

„Ich kann schweigen, wie ein Grab", stellte
Sabine fest und lächelte sie an. „Aber ich will alle
schmutzigen Details wissen!", setzte sie noch
hinzu, dann erhob sie sich vom Sofa, um in der
Küche Kaffee zu kochen.

Die kurzfristige Abwesenheit der Freundin gab Conny ein paar Minuten, um darüber nachzudenken.

Gerade eben hatte sie zugegeben, dass es der beste Sex ihres Lebens gewesen war. Es war irgendwie einfach so aus ihr herausgesprudelt und damit musste es wohl auch die Wahrheit sein. Sabine klapperte in der Küche mit den Tassen und Conny ging immer wieder im Kopf diese Stunden durch.

Was war dabei so anders gewesen, dass sie diese Einschätzung getroffen hatte? Alles! Was konnte sie darüber berichten? Conny legte ihre Hände auf den Bauch und holte sich dieses Gefühl zurück, dieses Kribbeln, genau dort.

Schmetterlinge im Bauch würde man es wohl gemeinhin nennen, aber sie hatte auch Schmetterlinge im Schoß gehabt! Sabine erschien mit einem Tablett. Kaffee und Stollen!

4. Kapitel

In Glühweinlaune!

*D*er Kaffee stand dampfend vor ihr und Conny sah sie über den Rand ihrer Tasse an. Sabine kannte diesen Blick nur zu gut. Die Freundin versuchte Zeit zu gewinnen, aber sie würde sie erst gehen lassen, nachdem sie alles berichtet hatte. Erst neugierig machen und dann gehen? Das fehlte noch! Der erste Kaffee des Tages! Mittags halb zwölf und wenn Conny nicht erschienen wäre, dann hätte Sabine sicherlich noch weiter geschlafen. Für einen Moment hatte sie gehofft, dass Horst mit Brötchen vom Bäcker zurückgekommen wäre, aber der war nun sicher bei sich zu Hause. Bei Frau und Kind.

So ein Leben als Single war auch nicht der pure Zucker. Gerade in der Vorweihnachtszeit wurde ihr das immer wieder schmerzlich bewusst.

Insgeheim hatte sie Conny immer dafür bewundert, dass die Freundin so zielstrebig und treu gewesen war. Mit Frank, ihrem zweiten Freund, war sie nun schon ewig zusammen. Und gerade deswegen wollte sie nun alles wissen. Die Neugier wurde immer größer. Bisher hatte Conny solche Themen immer ausgespart, wenn sie mal geredet hatten, und auch deshalb war sie nun so gespannt. Die Freundin senkte die Tasse und stellte diese lautstark auf den Unterteller zurück.

„Dieses Abenteuer kann ich Frank nicht verschweigen. Allerdings war es auch gigantisch!" „Vielleicht solltest du die Erfahrungen dieser Nacht in deine Beziehung zu Frank einbringen. Aber hattest du nicht immer gesagt, dass du mit ihm glücklich bist?" Sabine brach sich ein Stück Stollen ab und blickte die Freundin fragend an. Irgendwie war da wohl etwas in dieser Nacht passiert, was Conny zum Nachdenken gebracht hatte.

„Bis gestern war ich auch glücklich in der Beziehung." „Und nun nicht mehr? Was hat sich geändert?" „Alles! Ich habe ihn betrogen!" „Aber es muss was gegeben haben, bevor du ihn betrogen hast. Sonst wäre das nicht passiert!" Erneut grübelte Conny. Sabine lehnte sich zurück, denn wenn sie jetzt zu sehr auf die Freundin einreden würde, dann würde es Conny verschrecken. Auch da kannte sie die Freundin viel zu gut dafür. Sie

musste warten, obwohl sie die Neugier fast zer-
fraß.

„Ach ich weiß auch nicht!", brachte Conny
zweifelnd heraus. Also musste Sabine doch noch
nachhaken. „Du hast gesagt, dass es der beste Sex
deines Lebens war. Also war es mit Frank anscheinend vorher nicht so toll?" Das Flackern in
Connys Augen sagte wohl alles und dazu brauchte sie gar kein Wort zu verlieren. Sabine wusste
ja, dass Conny gerade mal zwei Freunde bisher
gehabt hatte. Da gab es vermutlich nicht so viel
Vergleichsmaterial.

„Du bist hier hergekommen, um zu reden! Also rede mit mir!" „Ich habe dir doch schon gesagt, dass es gigantisch war. Aber das mit Frank
ist auch so schön." „Das Aber in deinem Satz, das
sagt mehr, als der Rest! Was hat dir immer gefehlt? Das solltest du dir beantworten. Und dann
fordere es bei deinem Partner ein!" „Machst du
das auch so?" „Meist!", sagte Sabine und musste
an Horst zurückdenken. „Nicht wirklich immer!",
setzte ihr Kopf in Gedanken dazu.

Auch in ihrer Beziehung war gerade irgendwie die Luft raus. Conny sah in ihre Kaffeetasse

und sagte leise „Frank nimmt sich kaum Zeit für mich. Alles muss immer schnell gehen. Der Mann gestern Abend, der hat sich einfach Zeit gelassen. Er hat mich bestimmt eine Stunde lang zärtlich gestreichelt, bevor es zur Sache ging. Das war schön. Und dann hat sich der ganze Raum um mich gedreht. So etwas habe ich noch nie erlebt!"

„Du hattest einen Orgasmus!", setzte Sabine erklärend hinzu. „Ja! Den Ersten! Sonst habe ich immer zur Decke geschaut und gehofft, dass er schnell fertig wird. Diesmal konnte ich es kaum erwarten, dass er ein zweites Mal begann! Und er hatte mir dann noch einen zweiten Höhepunkt beschert!" „Du hast also deine Weihnachtsgeschenke schon bekommen!", setzte Sabine ihr entgegen und spürte, wie sie versonnen lächelte.

In Gedanken reiste sie zu ihrem eigenen ersten Orgasmus zurück. Der war der Hammer gewesen! Wie lange lag der letzte mit einem Mann zurück? Drei Monate? Mehr? „Du weißt ja nun, wie schön es sein kann. Darüber musst du mit Frank reden, tust du es nicht, so wird eure Beziehung zerbrechen. Und zwar nicht am Verschweigen dieses One-Night-Stands, sondern an deinen nicht gestillten Erwartungen!" Dasselbe setzte sie in Gedanken für sich selbst hinter die Beziehung zu Horst. Da war wohl auch der Ofen aus!

„Das mache ich! Kannst du mich morgen in der Firma entschuldigen? Ich muss zu Frank!" „Ich lasse mir was einfallen und ich wünsche dir viel Glück!" Schon war Conny aus der Wohnung und Sabine ließ sich auf der Couch zurückfallen. Erneut gingen ihre Gedanken zu Horst und sie verglich ihn mit Frank. Damit zog sie einen Schlussstrich unter diese unselige Beziehung.

Warum hatte sie eigentlich bisher immer nur verheiratete Typen abgegriffen? War sie sich nicht dafür selbst zu schade? Sollte sie einfach ausgehen? Wenn es bei Conny geklappt hatte, vielleicht klappte es dann auch bei ihr? Warum eigentlich nicht!

„Auf zum Weihnachtsmarkt!", sagte sie laut vor sich hin, ging zum Schrank und suchte ihre besten Sachen heraus. Noch war es früher Nachmittag und Sabine hoffte, dass diejenigen, die nur wegen des Glühweins auf den Markt gingen, noch zu Hause waren. Oder noch nicht zu betrunken!

Etwas Figurbetontes, trotz der Kälte, war schnell gefunden. Kleid, knielange Stiefel und taillierter Mantel. Vor dem Spiegel drehte sie noch eine Runde und war mit dem Ergebnis zufrieden. Wenn da keiner anbiss, dann war den Männern auch nicht mehr zu helfen.

Laute Weihnachtsmusik zog Sabine in Richtung der Buden. Der Duft von gebrannten Mandeln und Glühwein waberte umher. Es war empfindlich kühl, wie sie nun feststellen musste. Das kurze Kleid war wohl doch nicht so optimal gewählt. Da kam es ihr gerade recht, dass die erste Bude ein Glühweinstand war und sie sich dort schon mal etwas aufwärmen konnte.

Mit dem heißen Becher in den Händen beobachtete sie die Männer, die sich, auf Armlänge von ihr entfernt, durch den Gang schoben. Die meisten hatten Frau und Kinder dabei. Die anderen Männer würden wohl erst später hierherkommen und ob sie dann noch hier in der Kälte ausharren konnte, das war im Moment völlig offen. Zumindest wärmte der Wein sie gut durch und die Kälte verflog.

Mit jedem Becher besserte sich ihre Laune und der warme Alkohol machte sie schön locker.

Irgendwo an solch einem Stand hatte Conny am Abend zuvor den richtigen Mann gefunden. Würde Sabine auch Glück haben? Für eine Nacht? Für immer?

5. Kapitel

Auf dem Weg!

itten in der Nacht war Conny in den ICE eingestiegen. Zwei Mal würde sie umsteigen müssen. Zuerst in einen Regionalexpress und danach noch in einen Bus. Warum hatte die Firma ihres Freundes die Weiterbildung nur so weit in den Süden gelegt? Natürlich war es landschaftlich durchaus schön dort, aber musste das für eine Schulung wirklich sein?

In die Polster des Abteils gedrückt saß sie am Zugfenster und sah in die Finsternis hinaus. Immer wieder kreisten ihre Gedanken dabei um die Worte, die sie in ein paar Stunden brauchen würde. Auf den Weg gemacht hatte sie sich, weil man so etwas nicht am Telefon sagen konnte. Das musste man unter vier Augen besprechen, doch dazu fehlten ihr noch die Worte.

„Schatz. Ich liebe dich, aber ich war mit einem anderen Mann im Bett." oder „Schatz, wir müssen reden, weil ich dir untreu war." Beides klang irgendwie falsch, obwohl es genau den Punkt traf. Oder nicht?

War es denn noch Liebe, was sie zu Frank in sich spürte? Wäre das dann wirklich passiert? Eigentlich nicht! Da war dann sicher „Schatz, wir müssen reden!" die beste Variante.

Sie mussten ein paar Dinge wieder gerade rücken. Oder jetzt erst wirklich gerade hinstellen. All die Zeit hatte sie gar nicht gewusst, was ihr fehlte. Eine Nacht hatte alles geändert. Conny hatte begriffen, was ihr immer gefehlt hatte. Aber konnte Frank es ihr wirklich geben?

Noch mehr Fragen!

Im Moment stellte sie wohl gerade ihre gesamte Beziehung infrage. War es eigentlich eine Beziehung gewesen? Oder hatte Frank sie nur gehabt, um nicht immer suchen zu müssen, wenn ihn der Trieb plagte? Neue Zweifel sausten durch ihren Kopf. Und noch Stunden zum Überlegen.

Den Kopf mit der Stirn gegen die kühle Scheibe gelegt, starrte sie unablässig in die Finsternis, die nur manchmal durch ein paar ferne Lampen erhellt wurde. Vermutlich ging es in ihrem Kopf gerade genauso zu. Die Finsternis ihrer

Beziehung war durch diese eine Nacht erhellt worden und nun galt es, die Prioritäten zu bewerten.

Was sollte sie tun, wenn Frank einfach „Nein" sagte? Zu ihrer Beziehung oder zum Wandel in der Beziehung. War sie dann dafür schon reif, einen Schnitt zu machen? Fünf Jahre einfach wegzuwerfen? Hinter sich zu lassen?

Vielleicht wäre es nicht schlecht, eine Liste zu machen. Die Punkte dafür und dagegen einfach aufzuschreiben? Conny kramte einen Notizblock und einen Kugelschreiber aus ihrer Handtasche und begann die Liste. Links ein Plus und rechts ein Minus. Was sprach für die Weiterführung der Beziehung? Wohnung, Bequemlichkeit und die gemeinsam gekauften Möbel. Was würden die Nachbarn sagen? Die Freunde?

Nachdenklich kaute sie auf dem Stift. Das war doch alles nur oberflächlich! Und was sprach dagegen?

Es war der beste Sex ihres Lebens gewesen! So etwas hatte ihr Frank noch nie geboten. Aber reichte das, um eine Beziehung zu beenden? Wenn der Freund doch einfach ein bisschen auf sie zukommen würde. Einfach auch mal auf sie Rücksicht nahm, dann konnte die Beziehung noch eine Chance haben. Und wenn nicht?

Genervt schob sie den Block zurück in die Tasche. Alles lag im Moment bei Frank und sie würde warten müssen, bis sie ihn fragen konnte.

Draußen setzte die Dämmerung ein und ein Kellner vom Bordbistro kam mit Kaffee durch den Wagen. Conny winkte den Mann zu sich, der eine Weihnachtsmannmütze trug. Sie bezahlte den Kaffee und wurde durch die Mütze wieder an den Mann in der Nacht erinnert, denn er hatte an jenem Abend eine ebensolche Mütze auf dem Weihnachtsmarkt getragen. Der fremde Mann lächelte sie an und wünschte ihr eine gute Weiterfahrt. In ihren Gedanken vertieft nippte sie an dem Kaffee, der zwar heiß, aber sonst nicht wirklich bekömmlich war. Zumindest würde er wach machen.

Das Telefon klingelte und es war Frank. Ihn wollte sie im Moment nicht sprechen, daher drückte sie den Anruf weg und schaltete das Telefon aus. Neue Gedanken sausten durch ihren Kopf. Ein junger Mann setzte sich ein Abteil weiter und aus seinem Radio dudelte leise Weihnachtsmusik. Wieder musste sie an den Weihnachtsmarkt denken. Alles erinnerte sie immer wieder an diesen einen Fehltritt und riss sie damit aus den Gedanken wieder heraus, wie es mit Frank weitergehen sollte.

Eine halbe Stunde später stieg der Mann aus und eine junge Frau setzte sich auf seinen Platz. Sie hatte eine Tüte gebrannte Mandeln dabei und der Duft stieg Conny in die Nase. Erneut sausten ihre Gedanken zurück. Solch eine Tüte hatte sie sich gekauft, kurz bevor sie auf den Mann getroffen war.

Immer und immer wieder gingen ihre Gedanken zu jener Nacht zurück. Und zu dem wunderbaren Gefühl, das sie am Morgen danach gehabt hatte. Es gab keinen Ausweg. Irgendetwas wollte sie ständig an diese heiße Nacht und den dabei erlebten Sex erinnern.

Der Bahnhof, an dem sie umsteigen musste, wurde aufgerufen. Der ICE verlangsamte sein Tempo und der Regionalexpress, der sie näher an ihr Ziel bringen sollte, stand schon auf dem Nachbargleis bereit. Die Außenwand des Wagens zierte die Werbung des örtlichen Weihnachtsmarktes! Es war aussichtslos, an etwas anders denken zu wollen.

Mit fünf Schritten war Conny in dem anderen Zug und dieser würde jetzt zwei Stunden durch das Land zuckeln, bevor noch mal zwei Stunden Busfahrt vor ihr lagen. Und das Ganze am Abend wieder zurück, denn am nächsten Tag musste sie ja auch wieder auf ihrer Arbeit sein.

Conny rechnete nach und eigentlich blieben ihr zum Reden mit Frank nicht mal zwei Stunden Zeit! Also noch vier Stunden, um zu überlegen, was sie sagen sollte. Und immer noch kein Einfall!

Aus den Überlegungen riss sie nun ein Weihnachtsmann heraus, der kleine Geschenke und Aufmerksamkeiten an die mitreisenden Fahrgäste verteilte. „So alleine schöne Frau?", fragte der Mann und drückte ihr ein Präsent in die Hand. Bevor sie etwas antworten konnte, hatte er sich an ein kleines Mädchen gewandt, dem er einen Teddybären übergab. Die überschwängliche

Freude der Kleinen ließ sie zurückdenken an die eigenen Weihnachtsfeste, die sie als Kind mit der Mutter gefeiert hatte. Sie lächelte und die Gedanken flogen zur Mutter.

Und was hatte der Weihnachtsmann ihr gegeben? Neugierig öffnete sie die Schachtel und fand ein paar Schokopralinen und eine Packung Kondome darin. Überrascht fuhr sie herum und der Weihnachtsmann zwinkerte ihr zu. Das durfte doch alles nicht wahr sein! Jeder Gedanke führte immer nur zum Sex!

Anscheinend hatte sich die ganze Welt gegen sie verschworen, aber falls es nun zum Versöhnungssex mit Frank kommen würde, dann wäre sie zumindest vorbereitet. Conny schob sich die Packung in die Handtasche und die Pralinen nacheinander in den Mund.

Nun sah sie hinaus in die Schneelandschaft und befahl sich, nicht mehr nachzudenken. Es würde ja sowieso nichts bringen.

6. Kapitel

Notlügen und andere Katastrophen

Sabine erwachte und hatte das Gefühl, das ein Specht in ihrem Kopf wohnen würde und nun verzweifelt versuchte, aus diesem Gefängnis zu entkommen. Wenig später beendete der dröhnende Wecker sein irdisches Leben an der gegenüberliegenden Zimmerwand. Im Bett sitzend, den Kopf in die Hände gestützt, versuchte die junge Frau sich an den Abend zurückzuerinnern. Der Besuch auf dem Weihnachtsmarkt hatte, außer zu diesen grässlichen Kopfschmerzen, zu nichts geführt. Die Anzahl der Tassen mit Glühwein war zweistellig geworden! Es war Montag und sie musste auf Arbeit! Da sie auch noch Conny entschuldigen musste, konnte sie nicht einfach so fortbleiben.

Langsam kam die restliche Erinnerung zurück. Es hatte sich nicht gelohnt! Zuerst waren nur Familien auf dem Markt gewesen und die Kälte hatte ihr einen Glühwein nach dem anderen eingeflößt. Dann waren irgendwelche jungen Männer aufgetaucht, aber um einfach so mit einem davon mitzugehen, war es einfach zu wenig Glühwein gewesen. Oder zu wenig Verzweiflung.

Da war nicht mal im Ansatz etwas Brauchbares für eine Beziehung zu erkennen gewesen. Noch nicht mal etwas für eine Nacht. Höchstens für eine schnelle Nummer in irgendeinem Hausflur! Und dafür war sie sich viel zu schade oder nicht betrunken genug gewesen!

Beim in das Bad schlurfen, gingen ihre Gedanken zu Horst zurück. Hatte sie vorschnell einen Schlussstrich unter dieser Verbindung gezogen? Bis jetzt wusste der Mann noch nicht mal etwas davon! Aber es hatte einfach so sein müssen. Seit Jahren machte sie immer wieder denselben Fehler! Und sie wusste es!

Warum hatte eigentlich das Gespräch mit Conny sie zu dieser Wendung gebracht? Bisher war es ihr doch egal gewesen, dass sie immer nur irgendwie vertröstet wurde. Oder hatte es gar nichts mit Conny zu tun? Sondern lag an dieser Adventszeit? Einer Zeit, in der die Männer lieber bei ihren Familien waren, anstatt bei der Geliebten. Und einer Zeit, in welcher sie auch gern abends mit jemanden gekuschelt hätte. Oder einfach nur unter einer Decke einen Weihnachtsfilm mit einem Mann gesehen hätte?

Wohl eher das! Am Abend lief „Santa Clause" und den hätte sie so gern einfach mit jemanden zusammen geschaut, aber auch in diesem `Jahr würde sie alleine mit der Decke vor dem Fernseher liegen und die nächsten Filme würde es genauso bleiben.

Erst nach Weihnachten waren die Männer dann wieder für sie da! Irgendwie frustrierend. Und das kalte Wasser aus der Dusche machte den Tag auch nicht besser. Es machte sie nur blitzartig wach und es vertrieb den Specht, denn der mochte wohl keine Kälte!

Eine halbe Stunde später besorgte der heiße Kaffee den Rest und besiegte nach dem Specht auch den Kater. Allerdings brauchte sie nun auch noch eine Geschichte, mit der sie Conny vor ihrem Chef entschuldigen konnte. „Dringende Familienangelegenheit" würde wohl als Entschuldigungsgrund nicht gelten. Und eine Krankschreibung konnte sie ja auch nicht nachreichen. Hatte die Freundin noch einen freien Tag? Conny würde es wissen, aber gerade ging nur der Anrufbeantworter ran.

Vermutlich war sie noch mit dem Zug oder dem Bus unterwegs. Warum hatte sie sich darauf eingelassen? Jetzt würde sie für die Freundin lügen müssen und dabei hasste sie das sogar bei ihren Männern. Die belogen immer ihre Partnerinnen und ihr gefiel das schon lange nicht mehr. Im Advent mehr denn je!

Oder sollte Sabine einfach Connys Stempelkarte durch die Stechuhr ziehen? Das wäre dann aber Betrug, falls es jemand sehen würde. Danach musste sie dann den ganzen Tag, falls jemand fragen würde, irgendeine Ausrede erfinden. Zwar waren im Moment nur sie zwei in ihrem Büro, der Kollege hatte gerade Urlaub, aber falls der Chef etwas von Conny brauchen würde, dann würden die Erklärungen dürftig werden.

Immer noch zweifelnd stieg sie wenig später durch das Treppenhaus zu ihrer Firma hinauf. An der Stechuhr das letzte Zögern, dann zog sie die beiden Karten durch den Automaten.

Damit war es sowieso nicht mehr zu ändern. Vielleicht konnte sie das später wieder andersrum machen und erzählen, dass Conny schlecht geworden war. Für einen halben Tag würde wohl keiner eine Krankschreibung brauchen. Nun hieß es, bis zum Mittag die Daumen drücken. Und natürlich würde sie Conny vorwarnen müssen, damit sie am folgenden Tag nicht irgendetwas Falsches sagen würde.

Die Arbeit begann damit, dass sie Conny Arbeitsplatz erst einmal in die Lage brachte, wie es Conny so gern tat, mit einem offenen Ordner und einer halbe Tasse Kaffee als Dekoration.

Unendlich dehnten sich die Stunden dahin, aber niemand fragte nach der Freundin. Unmittelbar bevor es Mittag wurde, kam der Chef dann doch noch in das Zimmer und Sabine blieb fast das Herz stehen. Zum Glück wollte er etwas von ihr, wunderte sich aber über den kalt gewordenen Kaffee auf Connys Tisch. Schnell log sie etwas darüber, dass Conny gerade eben schlecht geworden war. Und bevor der Chef etwas kontrollieren konnte, ging sie zur Raucherpause und stempelte Conny aus.

Auf dem weiteren Weg zur Raucherinsel stolperte sie und war wenig später mit dem Rettungswagen ins Krankenhaus unterwegs. Ohne die Chance, der Freundin etwas zu erzählen. Und das Handy lag auch noch in ihrem Büro!

Mit einem bandagierten Knöchel und dem Verdacht auf eine Gehirnerschütterung wurde sie, nach der Untersuchung in der Notaufnahme, für eine Nacht im Krankenhaus einquartiert und hatte auch weiterhin keine Möglichkeit, die Freundin zu erreichen. Im Moment war ihr Job in Gefahr, denn der Chef würde die Notlüge sofort durchschauen, wenn Conny am nächsten Tag unvorbereitet auf der Arbeit erschien.

„So ein verdammter Mist!", stöhnte Sabine. Immer schlimmere Szenarien malte sie sich in Gedanken aus. Hätte sie nicht irgendetwas anderes erfinden können? Es war Betrug gewesen!

Sabine ging es mittlerweile so schlecht, das die Schwester alle paar Minuten besorgt in das Zimmer kam. Wohl, um zu kontrollieren, ob sie noch lebte. Aber an der Situation konnte niemand mehr etwas ändern.

Oder doch? Wenn sie doch nur an ihr Telefon kommen könnte. Oder einfach eine Nachricht auf den Anrufbeantworter von Conny hinterlassen würde! Das war die Rettung! Jetzt brauchte sie nur noch die Nummer. Die stand im Adressbuch in der Handtasche. Und die lag auch im Büro!

Vielleicht konnte ein Arbeitskollege ihr noch Tasche und Handy im Krankenhaus vorbeibringen? Als die Schwester das nächste Mal ihren Kopf durch die Tür steckte, bat Sabine um ein Telefon, um in der Firma Bescheid geben zu können.

Zwei Minuten später hatte sie das Telefon der Station in der Hand. Nun musste nur noch jemand rangehen. Das Rufzeichen tutete ungewöhnlich lange. Was war da los? Damit war die Panik nicht mehr zu verhindern! Kalter Angstschweiß trat ihr auf die Stirn.

7. Kapitel

Falsche Freunde!

*D*er Bus hatte eine halbe Stunde Verspätung gehabt, da die Straßen tief verschneit gewesen waren. Somit blieben Conny auch nur anderthalb Stunden, um mit Frank zu reden. Mit dem Taxi fuhr sie zu dem Tagungshotel und hatte dabei keinen Blick für die Umgebung, denn noch immer hatte sie nicht die Worte gefunden, die sie gleich brauchen würde.

Das Taxi stoppte vor dem Hotel, Conny zahlte und lief über die Einfahrt zum Eingang hinüber. An der Rezeption fragte sie, in welchem Beratungsraum ihr Freund gerade Schulung hatte, denn Conny war erst im letzten Moment eingefallen, dass er eventuell gar keine Zeit für sie haben würde. Zum Glück war aber gerade Mittag und die Dame an der Rezeption entgegnete „Er ist gerade zur Mittagspause auf sein Zimmer gegangen. Zimmer 208. Klopfen sie einfach!"

Und nun war Conny mit dem Fahrstuhl auf dem Weg in die zweite Etage. Der letzte Moment, um sich eine Erklärung einfallen zu lassen, aber mehr als „Es tut mir leid!" fiel ihr dazu immer noch nicht ein. Alles andere würde hoffentlich das Gespräch geben. Geräuschlos öffneten sich die Türen des Liftes und der Pfeil unter der 208 zeigte nach links.

Zehn Schritte bis zur Tür. Als Conny klopfen wollte, da sah sie, dass ein Ärmel von Franks Hemd in der Tür klemmte und diese dadurch nicht richtig geschlossen war. Einen kleinen Spalt war sie offen geblieben und Conny drückte die Tür auf. Direkt vor ihren Füßen lag ein weißer BH mit Spitze, der ihr irgendwie bekannt vorkam. Die gegenüberliegende Tür zum Schlafzimmer stand ebenfalls einen Spalt offen und die Geräusche daraus deuteten nicht auf einen Mittagsschlaf hin. Eher auf Mittagssex!

Hatte sie sich im Zimmer geirrt? Aber das Hemd gehörte doch Frank. Oder? Conny drehte sich zur Ausgangstür zurück und hob das Hemd auf. Da waren eindeutig die Initialen von Frank drauf! Diese Arbeit hatte sie selbst in Auftrag gegeben!

Nun wurde es Zeit, sich davon zu überzeugen, ob es wirklich Frank war, der da mit einer fremden Frau im Bett zu Gange war. Lautlos schob sich Conny an den Türspalt und blickte auf den nackten Rücken einer Frau. Keuchend ritt sie auf einem Mann und ihre langen Haare flogen bei jeder Bewegung hin und her. Und diese Mähne gab immer wieder eine Tätowierung auf dem linken Schulterblatt frei, die Conny sehr gut bekannt war. Nun wusste sie auch, woher sie den BH kannte. Diese nackte Frau war Franziska, eine Arbeitskollegin von Frank und bis vor ein paar Augenblicken auch noch eine gemeinsame Freundin. Den BH hatten sie zwei Wochen zuvor zusammen beim Shopping im Einkaufszentrum gekauft.

Von dem Mann, der im Bett unter ihr auf dem Rücken lag, konnte sie nur die Beine und Hände sehen. Diese Hände, die sich in die Hüften von Franziska gekrallt hatten, die gehörten eindeutig zu Frank, denn sein Siegelring war unverkennbar! Der Schock verschloss ihr den Mund. Hätte sie schreien sollen? Diesem makabren Treiben Einhalt gebieten?

Eigentlich hatte Conny ihrem Freund die eigene Untreue gestehen wollen, doch nun sah sie, dass auch er ihr Untreu war. Als Franziska ihren

Höhepunkt herausschrie, da ging Conny zornig davon.

Grübelnd fuhr sie hinab ins Foyer. Statt eine Beziehung eventuell retten zu können, hatte sie nun zwei Freunde verloren. Zwei falsche Freunde! Waren ihr deshalb die ganze Zeit keine Worte der Entschuldigung eingefallen? Und wie lange ging das mit den beiden schon?

Auf dem Weg zurück zur Rezeption flogen ihre Gedanken zu den regelmäßigen Spieleabenden, die sie gemeinsam gemacht hatten. Mit dem Bild der nackten Franziska im Kopf ergaben einige Dinge ein ganz neues Bild. Franziska war immer mit ihrem Mann Bertram bei ihnen gewesen, aber seltsamerweise waren Frank und Franziska immer zum selben Zeitpunkt, oder kurz nacheinander, vom Tisch aufgestanden, um irgendetwas zu holen, oder in anderen Räumen zu tun. Erst jetzt wusste sie, was die beiden dort wirklich getan hatten. Und das sicher schon zwei oder drei Jahre! Aus dem Zorn wurde Wut!

Im Moment war sie allerdings wütender auf Franziska, als auf Frank, denn in all der Zeit waren sie sicherlich hundert Mal zusammen aus gewesen. Zum Shopping, zum Kaffee oder einfach nur so zum Bummeln und jedes Mal hatte Franziska sie angelächelt.

Conny trat an den Tresen der Rezeption und fragte nach Zettel und Stift, die ihr die Dame über den Tisch schob. „Ich wünsche dir viel Spaß mit Franziska. Ich will dich nie wiedersehen, du Betrüger!", schrieb sie auf das Blatt, faltete es und schob es zurück. „Könnten sie das bitte meinem Freund geben? Zimmer 208!" Die Empfangsdame nickte und schob den Zettel in ein Fach mit dessen Zimmernummer an der Wand hinter sich. „Und könnten sie mir ein Taxi rufen?"

Wenig später saß Conny wieder in dem Wagen und war auf dem Weg zum Busbahnhof. Gut eine Stunde hatte sie noch Zeit bis zur Abfahrt des Busses und im Moment stritt sich gerade in ihrem Kopf die Erkenntnis des Betruges mit der Sinnlosigkeit dieser langen Fahrt. Aber war sie wirklich sinnlos gewesen? Sie wusste nun, dass Franziska sie die ganze Zeit eigentlich betrogen hatte und das schmerzte mehr, als der Betrug durch Frank.

Was hatte sie Franziska nicht alles erzählt? Und was war mit Frank? Immer wenn er ihr geschrieben hatte „Ich stecke noch im Meeting", dann hatte er vermutlich gerade in Franziska gesteckt. Und wenn Bertram Nachtschicht gehabt hatte, dann war er vermutlich bei Franziska, damit deren Bett nicht leer war. Die Nachricht von ihm „Warte nicht auf mich, es wird spät!" War dann auch eine Lüge gewesen.

Und der Höhepunkt von Franziska, den sie ja miterlebt hatte, der gab ihr noch einen zusätzlichen Schlag in ihr Gesicht, denn bei Frank hatte sie nie einen gehabt. Meist war er zu müde, oder zu schnell fertig gewesen. Vermutlich, weil er zuvor Sex mit Franziska, oder wer weiß wem, gehabt hatte. „Dieses Schwein!", stöhnte Conny. Durch diesen gemeinsamen Seitensprung war aber diese Beziehung zu Ende! Der Zettel mit dem Dafür und dagegen fiel ihr wieder ein.

In ihrem Kaffee rührend steigerte sich Conny immer weiter in ihrem Zorn hinein. Zwölf Stunden Fahrt für eine Erkenntnis. Sie war viel zu leichtgläubig gewesen und Franziska hatte eventuell alles an Frank weiter gegeben, was sie ihr im Vertrauen unter Frauen gesagt hatte.

Das Telefon vibrierte auf dem Tisch. Es war Frank! Vermutlich war er jetzt fertig und hatte den Zettel gelesen! Conny drückte seinen Anruf fort und schaltete das Telefon aus. Was sollte sie noch sagen? Alles stand doch auf dem Zettel!

Die Beziehung war am Ende! Definitiv. Und nun? Wem konnte sie nun noch glauben? Was konnte sie noch tun? Zorn, Wut, Kummer und Traurigkeit wechselten sich ständig ab. Und Herzschmerz, dass sie den anderen Mann nicht behalten hatte, warum hatte er ihr wenigstens nicht noch eine Nachricht geschrieben? War die Nacht für ihn nicht so toll gewesen, wie für sie? Neue Zweifel kreisten durch ihren Kopf.

Stunden später, mitten in der Nacht im ICE, schaltete sie das Telefon wieder ein. 25 Anrufe waren in der Liste vermerkt. Zehn davon von Frank, ein paar mit einer unbekannten Nummer und einer von Sabine. Mit einer Nachricht auf der Mailbox. Nur diese eine Nachricht hörte sie sich an.

Sabine hatte für sie gelogen. War wenigstens Sabine eine Freundin für sie? Dieses dumpfe Misstrauen jagte durch ihren Körper. Irgendwie

hatte sie im Moment das Vertrauen zu allen anderen Menschen verloren und es würde sicher eine
Weile dauern, bevor sie sich wieder jemanden
öffnen konnte.

8. Kapitel

Und leise rieselt der Schnee

Der Abend senkte sich vor dem Fenster des Krankenhauszimmers herab. Am Nachmittag war der Chef persönlich bei ihr vorbeigekommen, um Sabine die Tasche und das Handy zu bringen. Zuvor hatte sie stundenlang verzweifelt versucht, irgendjemanden in der Firma zu kontaktieren. Die Weihnachtsfeier war ihr ganz entfallen gewesen. Nun hatte sie ihr Telefon und Conny die Warnung auf dem Anrufbeantworter.

Die ganze Zeit, in welcher der Chef bei ihr im Zimmer gewesen war, hatte Sabine ihm nicht in die Augen sehen können. Sie hatte sich danach geschworen, ab nun immer nur noch ehrlich zu sein, denn dieser Unfall war so etwas wie ein Schuss vor den Bug gewesen und wenn Conny die Nachricht nicht abhören würde, dann war sie immer noch in der Gefahr, dass der Schwindel auffliegen würde. Dann wäre ihr Job in Gefahr! Und nachdem der Chef persönlich hier gewesen war erst recht! Denn damit hatte sie ihn zwei Mal angelogen!

In der Dämmerung rieselte der Schnee vor dem Fenster herab. Vor ein paar Minuten war noch eine ältere Frau in das Zimmer verlegt worden und damit würde Sabine am Abend doch noch ihren geliebten Weihnachtsfilm mit jemanden anderes sehen können. Auch, wenn es in einem Krankenzimmer war.

Und noch etwas war an diesem Nachmittag geschehen: Ein junger Assistenzarzt hatte des Öfteren bei ihr vorbeigeschaut. Die Schwester hatte ihn zu Rate gezogen, als Sabine noch völlig in Panik gewesen war. Nun hatte sich ihr Blutdruck wieder ein bekommen, aber der Herzschlag wurde trotzdem immer etwas schneller, wenn der Mann in das Zimmer kam, um nach ihr zu schauen.

Er war ziemlich attraktiv und hatte keinen Ring am Finger. Ging da etwas? Hatte Sabine mit ihrem Besuch auf dem Weihnachtsmarkt einfach nur an der falschen Stelle gesucht und das Schicksal hatte ihr nun zugezwinkert? Zumindest sah der Mann besorgt aus, wenn er ihr das Stethoskop auf den Rücken legte und das schnell schlagende Herz abhörte. Er konnte ja nicht wissen, dass dies gerade wegen dieser Kontrolle so war.

Dementsprechend zog sich der frühe Abend dahin und Hilde, die ältere Frau neben ihr, zwinkerte ihr verstehend zu, wenn der Arzt alle zehn Minuten zu ihr kam. Die Frau hatte längst verstanden, was hier gerade vor sich ging. Da brauchte man kein Medizinstudium dafür. Oder vielleicht war das sogar besser, wenn man keines hatte.

Die Tür öffnete sich und erneut erschien der Mann. Hilde schmunzelte, aber diesmal wickelte er ihr den Verband vom Knöchel ab, um das Bein zu kontrollieren. Diesen verbandsfreien Zeitraum wollte Sabine schnell zum Duschen nutzen, denn mit dem Stützverband ging das ja nicht. Auf den Mann gestützt humpelte sie zum Bad, wo er ihr auch noch die Schleifen auf dem Rücken öffnete. Diese seltsamen Flatterhemden im Krankenhaus hatte sie noch nie gemocht. Schon als Kind hatte sie diese Fummel, die ständig hinten offen standen, gehasst. Doch diesmal kam es ihr gar nicht so ungelegen, dass der Stoff sofort von ihren Schultern rutschte und der Mann, über den Spiegel, ihren nackten Körper bewundern konnte.

Sabine drehte sich trotzdem zu ihm um und stand auf einem Bein vor der Dusche. Auge in Auge blieben sie so, bevor er ihr einen Hocker unter die Dusche schob und ihr half, sich daraufzusetzen. Es war wohl ihrer Unbeholfenheit geschuldet, dass er dabei ihre nackte Brust mit der Hand berührte. Hätte sie ihn küssen sollen? Ihr Herz raste, doch er ging hinaus und schloss die Tür des Bades hinter sich. Seufzend blickte sie ihm nach, dann drehte Sabine das Wasser an und der erste kalte Schub aus der Brause kühlte ihr brodelndes inneres ab.

Dann tat das warme Wasser so gut und auf dem Hocker aus Plastik unter dem Strahl sitzend seifte sie sich ab. Nur ein Handtuch hatte sie nicht, aber bevor sie danach klingeln konnte, brachte die Schwester ihr eines in das Bad. Schöner wäre es natürlich gewesen, der Mann hätte das Tuch persönlich gebracht, aber so ging es eben auch. Die Schwester half ihr anschließend auch mit dem seltsamen Hemd und dem Verband.

Pünktlich zum Beginn des Filmes saß sie im Bett, die Kopfhörer auf den Ohren und freute sich, wie ein kleines Kind. Mit diesem Film begann für Sabine die Zeit der Vorfreude auf Weihnachten. Obwohl sie den Weihnachtsfilm sicher schon zwanzig Mal gesehen hatte, war es doch immer wieder schön und sie fieberte regelrecht mit. Allerdings ließ sich nun der Arzt nicht mehr sehen. Schade eigentlich, aber vielleicht war seine Schicht nun zu Ende.

Auch der Film ging zu Ende und wenig später schnarchte Hilde im Nebenbett.

Sabines Gedanken und Sehnsüchte flogen nun zu dem jungen Mann. Komischerweise war er fortgeblieben, nachdem er sie nackt gesehen hatte. Hatte das irgendetwas zu bedeuten? Zweifel sausten durch ihren Kopf. Zu allem Überfluss kam auch noch eine romantische Liebesgeschichte im Fernseher.

Bei gedämpften Licht, und in dem Bett liegend, litt Sabine mit der Heldin des Filmes mit, als sich die Tür des Zimmers öffnete und der Arzt zu ihr an das Bett trat. Sie zog die Kopfhörer aus den Ohren und beugte sich schon nach vorn, damit er sie abhören konnte, doch statt das kalte Metall des Stethoskops auf dem Rücken zu spüren, fühlte sie seine warmen Lippen auf den ihren. Das hatte sie gebraucht! Und sehnsüchtig erhofft! „Ein kleiner Gute-Nacht Kuss für dich!", flüsterte er ihr ins Ohr, nachdem er sich von ihr gelöst hatte.

Offenbar hatte er nun endlich erkannt, woher der schnellere Herzschlag am Nachmittag gekommen war. Und zum Glück hörte er sie jetzt gerade nicht ab, sonst hätte sie wohl die Nacht auf der Intensivstation verbracht, denn ihr Herz raste gerade förmlich.

Einen Moment lang stand er noch vor ihr, bevor er wieder aus dem Zimmer schlich, um Hilde nicht zu wecken. Und im Fernsehen bekam nun auch die Heldin den so sehnlichst erwarteten Kuss.

Zweifach glücklich seufzte Sabine auf und schaltete den Fernseher ab. Im Schein des Nachtlichts über ihrem Bett blickte sie zum Fenster hinüber. Immer noch rieselte der Schnee herab und eine dicke Schicht war schon am unteren Rand des Fensterbrettes liegen geblieben.

Küssen konnte er ja ziemlich gut. Immer wieder flogen ihre Gedanken zu dem Mann. Kam er noch einmal vorbei? Sollte sie klingeln? Das würde sicher nur die Schwester rufen und nicht den Arzt.

Mittlerweile war es fast Mitternacht geworden, wie ein Blick auf das Handy verriet. Eine Nachricht blinkte da auch. Conny hatte nur „OK" geschrieben. Zumindest war sie damit in Sicherheit, dass die Freundin sie nicht verraten würde.

Erneut dachte sie an den jungen Arzt. Was wusste sie von ihm? Nichts! Nicht mal das Namensschild an seinem Kittel hatte sie gelesen. Anderes war wichtiger gewesen. Mit den Fingerspitzen fuhr sie über ihre Lippen und dachte an das schöne Gefühl zurück, als sein Mund den ihren berührt hatte.

Sabine schloss die Augen und ihre Finger glitten unter die Decke, schoben das Hemd zur Seite und tasteten sich in ihren Körper. Seufzend genoss sie das Gefühl und stellte sich dabei vor, es wäre seine Hand, die sie nun zum Höhepunkt streichelte. Den intensivsten seit Monaten! Eine Weile später schlief sie glücklich und entspannt ein.

9. Kapitel

Zweifel und Zorn

*E*s war früh um drei Uhr geworden, bevor Conny wieder in der „gemeinsamen" Wohnung eingetroffen war. Zumindest war es, bis zum Morgen zuvor, noch die gemeinsame Wohnung gewesen. Und nun? Mitten im Wohnzimmer stehend dachte sie an ihren Einzug hier zurück. Fünf Jahre hatten sie hier zusammen gewohnt. Und vier Jahre davon hatte Franziska sie hier regelmäßig besucht.

Zweifelnd blickte sich Conny um. Wo überall hatte es Frank wohl mit der anderen Frau getrieben? Vielleicht so, wie in dieser Mittagspause bei der Weiterbildung? Während Conny in ihrer Firma gearbeitet hatte? Im Bett? Auf dem Tisch? In seinem Arbeitszimmer? Am liebsten hätte sie nun die ganze Bude angezündet, aber das konnte sie den Nachbarn nicht antun. Allerdings wurde die Wut auf Frank in ihr übermächtig!

Jetzt, wo der Zweifel von ihr Besitz ergriffen hatte, machte sie auch nicht mehr davor halt, den Schreibtisch von Frank in dessen Arbeitszimmer zu kontrollieren. Die Schubfächer des Möbelstückes waren verschlossen, was sie bisher nicht gestört hatte. Doch nun mussten die Schlösser der puren Gewalt weichen. Mit einer Zange und einem Schraubenzieher rückte sie nun den Fächern zu Leibe, um ihre Geheimnisse zu ergründen.

Mit der Hoffnung, dass sie sich doch nur getäuscht hatte und das zwischen Frank und Franziska nur „einfach" ein spontaner Sex gewesen war. Gerade eben erst geschehen und zuvor nicht geplant. Dann hätte Franziska sie wenigstens nicht schon die ganze Zeit zuvor betrogen. Auch, wenn sie dabei jederzeit hätte „Nein" sagen können. Sie hätte „Nein!" sagen müssen! Zumindest, wenn sie jemals eine wirkliche Freundin gewesen war.

Allerdings durfte sie mitten in der Nacht auch nicht allzu viel Lärm machen, doch nur kurz hielt das Holz ihren Bemühungen stand und gab dann mit einem Knacken nach. Oder besser mit einem fünffachen Knacken. Ein Fach nach dem anderen öffnete Conny.

In Franks Stuhl sitzend, begann sie die Unterlagen zu studieren, die sie im Schreibtisch gefunden hatte. Immer noch hoffend, dass sich nicht bestätigen würde, was ihr Bauch schon ahnte, denn darin grummelte es bereits gewaltig.

Es dauerte dann auch nicht lange, da wurden ihre schlimmsten Befürchtungen bestätigt. „So ein Schuft!", stöhnte Conny, als sie die sauber abgelegten Buchungsbestätigungen der Hotels fand, die Frank immer für seine Reisekostenabrechnungen aufgeklebt hatte. Es waren prinzipiell nur Doppelzimmer gebucht gewesen! Und auf den Abrechnungen der Bewirtungen waren jeweils mindestens zwei Gedecke vermerkt! Er hatte sich den Sex auch noch von der Firma finanzieren lassen!

Ein Bild, das ebenfalls im Schreibtisch gelegen hatte, bestätigte nur noch ihre Vermutung, dass es sich bei der anderen Person vermutlich immer um Franziska gehandelt hatte. Nach dem Datum war das Bild der nackten Frau auch schon zwei Jahre alt. Hatte sich Franziska in ihre Freundschaft hinein geschlichen? Um sie besser kontrollieren zu können?

Und damit zweifelte sie erneut an allen und jedem. Sogar an Sabine! Und das war das

Schlimmste an der ganzen Situation, denn sicherlich konnte Sabine da am wenigsten etwas dafür.

Connys Blick fiel auf die Uhr an der Wand. Noch drei Stunden würde sie schlafen können. Wenn sie denn schlafen konnte! Nur wo? Im Bett? Auf dem Sofa? An beiden Plätzen hätte ja Frank mit Franziska wilden Sex gehabt haben können! Da sträubte sich gerade alles in ihr.

Sich umsehend streifte Conny von Raum zu Raum, um einen Platz für diese paar Stunden zu finden, doch egal wohin ihr Blick auch fiel, sie sah nur Frank mit Franziska, nackt in verschiedenen Positionen! Da würde sie niemals in den Schlaf kommen, aber sie musste um acht Uhr auf der Arbeit sein. Da war sie verpflichtet, konzentriert zu arbeiten und das ging nur, wenn sie wenigstens einigermaßen ausgeschlafen war!

Schließlich rollte sie sich auf dem alten Stuhl zusammen. Der war so unbequem, dass darauf vermutlich nur ein Fakir Sex haben konnte. In eine Decke gehüllt, zog die Müdigkeit ihr schließlich doch noch die Augen zu. Und im Traum sah sie wieder die beiden Betrüger! Wild schnaufend beim leidenschaftlichen Sex! Und sie konnte nicht aus diesem Traum heraus! Sie musste es einfach mit ansehen!

Endlich erlöste sie der Wecker! Noch nie war Conny so froh über das nervige Klingeln gewesen, wie an diesem Tag.

Einigermaßen munter schlurfte sie in das Bad und blendete bewusst aus, dass man sich auch unter der Dusche lieben konnte. Das kalte Wasser besorgte danach den Rest!

Eine halbe Stunde später eilte Conny zum Bus. Kaffee würde sie unterwegs irgendwo trinken, oder bis in die Firma damit warten. Mit dem Blick aus dem Wartehäuschen überlegte sie, wo sie ab dem Abend bleiben konnte. In ein Hotel oder eine Pension ziehen? Dafür würde ihr das Geld fehlen! Oder sollte sie bei Sabine anfragen, ob sie ein paar Tage bei ihr bleiben konnte?

Sabine hatte Frank noch nie wirklich leiden können und hätte daher mit ihm wohl kaum was angefangen, aber der Zweifel brannte ein Loch in Connys Bauch! Hatte Sabine nicht immer schon eine Vorliebe für bereits vergebene Männer gehabt? Und hätte sie dann wirklich zugegeben, dass sie mit Frank in der Kiste gewesen war? Wohl kaum!

Einige junge Frauen liefen an der Haltestelle vorbei und der Zorn projizierte nun Franks Hände auf die Körper dieser Frauen. Wenn er sie schon mit Franziska betrog, dann konnte er sie auch mit jeder anderen Frau betrogen haben! Frank war öfters bei längeren Kundenterminen gewesen! Was hatte er wohl dabei, außer arbeiten, noch alles gemacht? Kein Wunder, dass er sie manchmal Abend nicht mehr angerührt hatte!

Im Kopf überschlug Conny ihr Vermögen. Zum Glück hatten sie getrennte Konten, aber im Moment war auf ihrer EC Karte gerade Ebbe. Das Weihnachtsgeschenk für Frank hatte sie tief in den Dispo gerissen! Es war ein teures Rennrad, das er sich schon immer gewünscht hatte. Und das gerade in Franziskas Wohnung stand!

Zähneknirschend kam sie mit sich überein, bei Sabine anzufragen, ob sie ab dem nächsten Tag in dem Gästebett der Freundin schlafen konnte. Ein bisschen Vertrauen würde sie haben müssen.

Auf der Arbeit würde sie Sabine einfach danach fragen. Doch was wäre, wenn sie in der Wohnung der Freundin über irgendetwas stolpern würde, was Frank gehörte?

Der Zweifel war wieder da! Der Bus bog um die Ecke und Conny stemmte sich von der Bank hoch. Vor Müdigkeit zitterten ihre Beine. Sie brauchte dringend einen starken Kaffee! In der Manteltasche waren noch ein paar Euromünzen.

10. Kapitel

Ganz neue Untersuchungsmethoden

Die Träume in dieser Nacht waren einfach nur herrlich gewesen. Der nette Arzt hatte darin eine Hauptrolle gespielt und Sabine fand es klasse, dass er auch nach ihrem Aufwachen in der Nähe war, denn nur wenige Minuten nach dem Wecken kam er vorbei, um nach seiner „Privatpatientin" zu sehen.

Unmittelbar nach dem Frühstück holte die Schwester sie mit einem Rollstuhl zur Untersuchung ab. Als sie in den Behandlungsraum geschoben wurde, da begrüßte der Arzt sie mit den Worten „Na Frau Bach. Wie haben wir geschlafen?" Die förmliche Anrede war vermutlich der Schwester geschuldet, die sich trotzdem schmunzelnd entfernte. Beinahe hätte Sabine geantwortet „In meinem Traum miteinander!", aber sie verkniff sich die Bemerkung.

Anschließend griff er ihr an die Hüften und hob sie auf die Pritsche. So ähnlich hatte ihr Traum begonnen, doch er wickelte nur die Binde von ihrem Fuß. Der Knöchel war deutlich geschwollen und etwas blau. Damit würde sie bestimmt eine Weile humpeln müssen. „Ich würde sie ein paar Tage krankschreiben!", erklärte der Mann und druckte die Krankschreibung für den Rest der Woche aus, wie ein Blick auf den Zettel ihr verriet.

„Belasten sie den Fuß nicht unnötig. Am besten bleiben sie im Bett!", setzte er noch hinzu. „Und wer kontrolliert da, dass ich die Bettruhe wirklich einhalte?", flötete sie und sah, dass er schmunzeln musste. „Ich habe ja ihre Adresse und könnte gelegentlich nach ihnen sehen. Es könnte ja sein, dass sie etwas brauchen!" „Das könnte wirklich durchaus sein!", gab sie hauchend zurück. So einiges fiel ihr dabei gerade ein, das wenigste davon war medizinisch begründet und keines jugendfrei.

Schnell schrieb sie ihre Telefonnummer auf einen Zettel und schob diesen unauffällig auffällig zu ihm hinüber. Dieses Blatt wanderte in seine Tasche, während er die Schwester wieder in den Raum rief, um sie abzuholen.

Visite und Entlassung aus dem Krankenhaus waren das nächste. Anschließend mit dem Taxi in die Firma, um den Krankenschein abzugeben.

Als sie auf dem Heimweg war, klingelte schon das Telefon. „Ich hätte jetzt Feierabend!", hörte sie die Stimme und entgegnete „Ich bin gleich zu Hause!" „Dann mache ich mich auf den Weg. Brauchst du noch was?" „Nur dich!" „Na dann! Bis gleich." Das Display erlosch und sie hätte beinahe den Taxifahrer zur Eile angehalten, aber der Wagen bog gerade in ihre Straße ein.

Wenige Augenblicke später zog sie sich am Geländer die Treppe zu ihrer Wohnung hoch. Jetzt schmerzte der bandagierte Knöchel etwas und sie überlegte, ob sie ihren persönlichen Arzt noch zur Apotheke schicken sollte, aber sie hatte sicherlich noch ein paar Tabletten in ihrer Haus-apotheke.

Hinter ihrer Wohnungstür, auf einem Bein stehend, fieberte sie nun ihrem Krankenbesuch entgegen. Wie lange konnte es dauern, vom Krankenhaus bis zu ihr? Etwa dreißig Minuten! Sie sah auf die Uhr in ihrem Handy. Fünf fehlten noch bis zur halben Stunde, seit seinem Anruf.

Fünf Minuten konnten unendlich lang sein!

Endlich klingelte die Türglocke, sie angelte den Hörer von der Gegensprechanlage zu sich, doch vor Aufregung brachte sie nur ein Krächzen heraus und drückte den Öffner. „Alles gut?", fragte er, nachdem der Mann in die Wohnung eingetreten war. Sie fiel ihm einfach wortlos um den Hals und küsste ihn.

„Wie heißt du eigentlich?", fragte sie schließlich und er antwortete „Peter." Kurz darauf fragte er „Frau Bach. Ich möchte sie dann noch mal gründlich untersuchen! Würden sie sich bitte für mich frei machen?" „Hier?" „Nein! Wo ist dein Schlafzimmer?" „Hinten links!" Er hob sie auf seine Arme und trug sie durch den Gang.

Vor der Tür des Schlafzimmers überfielen sie die Bedenken und sie fragte „Hast du eine Frau oder Freundin?" Er sah sie an und sie überlegte, was sie wohl tun würde, falls er „Ja" sagen würde. Wollte sie die Gelegenheit dann trotzdem nutzen? Oder nicht? Doch zu ihrem Glück sagte er „Nein! Natürlich nicht! Sonst wäre ich ja nicht hier!" „Untersuchen sie mich gründlich Herr Doktor!", flüsterte sie und küsste ihn.

Mit beiden Armen um seinen Hals hielt sie sich fest, während er mit ihr in den Raum trat. Langsam schälte er sie aus ihren Sachen und wenig später hörte sie die Engelein singen.

Etwa eine Stunde, und zwei weitere Höhepunkte, später lag sie neben ihm, während er leise zu schnarchen begann. Peter hatte sie zum ersten Orgasmus geleckt. So etwas hatte sie noch nie zuvor erlebt! Bisher hatte sie das nie gemocht, aber es war schon gut, wenn ein paar anatomische Kenntnisse vorhanden waren. Dafür war das medizinische Studium schon mal ein voller Erfolg gewesen.

Langsam zog die Schläfrigkeit nun auch Sabine die Augen zu.

Ein Kuss weckte sie aus ihrem Schlaf wieder heraus. Peter lag neben ihr auf der Seite, hatte den Kopf in die Hand gestützt und betrachtete sie. „Ich mag deine Sommersprossen. Du hast so viele davon!", sagte er und streichelte sie.

Mit ihrer Hand auf seiner nackten Brust sah sie ihn an. Hatte sie nun ihr Glück gefunden? Vor

Jahren hatte sie mit sich selbst eine stille Übereinkunft abgeschlossen, entweder bis dreißig den richtigen Mann für ihr Leben gefunden zu haben, oder es nicht mehr zu versuchen. Nun war sie fast 26 und wenn da nicht irgendetwas Komisches dazwischen kam, dann konnte der Plan aufgehen.

„Ich habe ein paar Tage Urlaub. Möchtest du mich in meine kleine Hütte am See begleiten?", fragte er. „Ich bin doch krankgeschrieben!" „Du wärst ja dort auch unter ärztlicher Aufsicht." Er zwinkerte ihr zu. „Sage mal! Diese Krankschreibung für den Knöchel. War die wirklich notwendig?" „Im Prinzip schon!" „Aber sicher nicht für fünf Tage. Oder?" Sein Lächeln war vielsagend. „Also? Was meinst du?" „Ich sage ja! Ich muss ja erst am Montag wieder auf Arbeit. Nachdem mich mein Arzt wieder gesundgeschrieben hat!"

Sabine küsste ihn und er entgegnete „Ich muss dann heute Abend noch auf eine Nachtschicht, aber morgen früh hole ich dich pünktlich um acht Uhr hier ab!" „Wann musst du da los?" „Eigentlich jetzt!" „Und wenn du von hier aus gehst und wir noch zusammen duschen?" „Dann hätte ich noch eine Stunde!" „Dann lass uns diese Zeit gut nutzen!"

Erneut küsste Sabine ihn und hauchte anschließend „Bevor wir allerdings duschen gehen, sollten wir uns erst mal wieder so richtig schmutzig machen." Peter ließ sich darum nicht lange bitten.

Eine Stunde später saß Sabine, frisch geduscht und in eine warme Decke gewickelt, auf dem Sofa. Sie bekam ihren Abschiedskuss, der eigentlich nicht enden wollte, doch Peter würde am nächsten Morgen zu ihr zurückkommen. Und sie musste ja noch ein paar Sachen für die fünf Tage einpacken.

Der Mann brachte ihr noch einen Tee. Er war sehr aufmerksam und das tat ihr gerade richtig gut.

11. Kapitel

Im Zweifel für die Freundschaft

Der Espresso im kleinen Café an der Haltestelle ihres Busses hatte Conny gerettet. Ohne diesen starken Aufmunterer hätte sie niemals die Treppe zu ihrem Büro geschafft. Nun musste sie für zwei arbeiten, da ihre eigene Arbeit und die halbe von Sabine am Vortag liegen geblieben waren. Der Chef hatte kurz zu ihr herein gesehen und gefragt „Sie sehen so blass aus! Geht es ihnen wirklich wieder gut?" Was hätte sie sagen sollen? Dass sie so blass aussah, weil sie nicht geschlafen hatte? Oder weil sie Frank in flagranti erwischt hatte? Conny hatte einfach nur genickt und der Mann war wieder gegangen. Nun hielt sie der Kaffee aus der Maschine in ihrem Büro munter. Sabine war immer noch im Krankenhaus und in der Mittagspause würde Conny bei ihr anrufen.

Die viele liegengebliebene Arbeit gab ihr keine Zeit für unnütze Gedanken. Jetzt, zum Jahresabschluss, mussten noch viele Rechnungen geschrieben und verschickt werden. Der Drucker spuckte Blatt um Blatt aus und alle mussten noch unterschrieben und kuvertiert werden. Diese Tätigkeit verlangte höchste Aufmerksamkeit! Nicht auszudenken, was der Chef sagen würde, wenn ein Kunde die falsche Rechnung bekam!

Mit dem Drucker rannte die Uhr um die Wette und schon bald war Mittag. Aber bevor Conny das Handy aus der Tasche holen konnte, da stand Sabine mit ihren zwei Krücken in der Tür. „Ich bin für den Rest der Woche krankgeschrieben. Schaffst du das auch alleine?" „Muss ich ja wohl! Du höre mal, kann ich eine Weile bei dir wohnen?" „Na klar, warum das denn? Hat dich Frank für deinen One-Night-Stand aus der Wohnung geworfen?" „Nein. Das nicht!"

Sabine ließ sich ächzend auf ihren Stuhl fallen und Conny erzählte von dem untreuen Freund. Insgeheim beobachtete sie dabei aber die Reaktion von Sabine. War sie erzürnt, dass Frank sie betrogen hatte? Oder nur, dass er es auch mit Franziska getrieben hatte? Der Zweifel hatte sie gepackt. Aber Sabine reagierte so, wie es Conny erwartet hatte, schnell hatte sie ihren Reserveschlüssel aus der Handtasche gekramt und diesen Conny in die Hand gedrückt. „Ich habe mich von Horst getrennt! Bleib, solange du magst!"

Noch eine freundschaftliche Umarmung, dann humpelte Sabine aus dem Büro und der Drucker begann das zweite Papierfach zu leeren.

Tausend Seiten später war endlich Feierabend. Und nun würde sie sich auf den Weg zu sich nach Hause machen. Im Bus klingelte das Handy und Sabine verkündete ihr, dass sie am nächsten Tag für den Rest der Woche zur Kur ging und sie damit die Wohnung für sich haben konnte. So wirklich glaubte Conny ihr das zwar nicht, aber sie hatte damit zumindest eine Bleibe für die nächsten fünf Tage, in der sie hoffentlich die Zeit und Ruhe zum Nachdenken haben würde.

Conny verabschiedete die andere Frau und sah auf das verlöschende Display. Sabine hatte sich wie eine echte Freundin verhalten. Selbstlos hatte sie ihre Wohnung mit ihr geteilt. Ohne zu zögern! So etwas war vermutlich wahre Freundschaft.

Nun galt es noch, die Dinge zusammenzupacken, die ihr gehörten und sich etwas für die Dinge auszudenken, die ihrem betrügerischen Freund gehörten. Oder eine Strafe für Franziska? Sollte sie die zwei Straßen weiter gehen und sich von Bertram durch dessen Wohnung vögeln lassen? Mitunter hatte sie seine lüsternen Blicke gesehen, wenn das T-Shirt bei einem der Spieleabende verrutscht war. Aber das würde sie auf das Niveau von Frank und Franziska herunterziehen! Bertram würde selber dahinter kommen müssen, dass ihm seine Frau Hörner aufsetzte.

Obwohl sie den ganzen Tag nur der Kaffee wach gehalten hatte, war sie nun putzmunter. Oder vielleicht gerade deshalb! Sicherlich hatte sie gerade das Koffein in sich, das sie sonst in einer Woche im Blut hatte.

Mitten in der Stube stehend sah sie sich um. Zuerst würde sie ihre eigenen Sachen packen. Die drei Koffer waren schnell aus der Abstellkammer geholt und mitten im Zimmer auf dem Teppich abgestellt. Kleidungsstück für Kleidungsstück fand seinen Platz. Dann begann sie die paar persönlichen Gegenstände in den Koffer zu packen, die nur ihr gehörten, oder an denen sie besonders hing. Der kleine Porzellanengel wurde besonders gut eingepackt.

Als das Schloss des dritten Koffers zuschnappte, da war alles verpackt, was sie noch hatte. Nicht wirklich viel für über fünf Jahre Beziehung!

Danach begann Conny ihren Zerstörungstrieb auszuleben. Franks Sachen landeten in der Badewanne, zusammen mit einem ordentlichen Schuss Bleichmittel. Anschließend seine elektronischen Geräte mit ganz viel Wasser. Mitten in dieser Orgie der Zerstörung fiel ihr ein, dass sie ihn ja auch betrogen hatte, daher verschonte sie seine Plattensammlung und ließ sich für ein paar Minuten in den Sessel fallen.

Es war weit nach Mitternacht, als sie fertig mit ihrem Werk war. Conny zog ihr Handy zu sich und tippte eine SMS für Frank. „Wenn du zurückkommst, dann bin ich fort! Suche mich nicht!" Nach dem Absenden blockierte sie seine Nummer. Keine zwei Minuten später rief Franziska an. Der zeitliche Zusammenhang zur SMS und der Sperre von Franks Nummer sprach dafür, dass die beiden wohl gerade zusammen waren. Abermals waren diese Bilder in ihrem Kopf.

Noch eine Nummer musste gesperrt und das Telefon auf lautlos gestellt werden. Obwohl sie schlafen wollte, hielt der Kaffee sie wach.

Und der Kaffee wollte auch wieder heraus. Bei jedem Gang in das Bad blickte sie schmunzelnd auf die Sachen von Frank, die sich langsam in der Wanne in eine undefinierbare Masse verwandelten.

Angezogen hüllte sie sich in eine Decke und versuchte in dem alten Stuhl zu schlafen, aber es ging auch weiterhin nicht.

Ohne dass sie auch nur eine Minute geschlafen hätte, stand sie wieder von ihrem Stuhl auf, ging unter die Dusche und warf nach dem Abtrocknen das Handtuch in die gefüllte Wanne. Die getragene Kleidung packte sie in einen Beutel und nahm sich neue Sachen aus ihrem Koffer.

Nachdem sie sich angezogen hatte, stellte sie die Koffer zur Tür, rief sich ein Taxi und sah sich ein letztes Mal in der Wohnung um. Sie nahm Abschied von der Vergangenheit. Zum Schluss löste sie den Schlüssel vom Schlüsselbund und dachte daran, dass ja nur Frank im Mietvertrag stand. Als das Taxi klingelte, warf sie den Schlüssel auf den Wohnzimmertisch, schob Koffer in den Flur und knallte die Tür hinter sich zu.

12. Kapitel

Kleine Hütte im Schnee

*E*r war pünktlich gewesen. Um acht Uhr hatte Peter sie auf Händen zu seinem Auto getragen, das direkt vor der Haustür geparkt war. Die Fürsorglichkeit des Morgens und Abends zuvor setzte sich fort. Nie wieder würde sie diesen Mann loslassen! Dann war ihre Tasche im Kofferraum, Sabine saß dick eingepackt auf dem Beifahrersitz und Peter ließ den Wagen an. Ein tiefes Brummen war zu hören und langsam setzte sich der Wagen in Bewegung. „Wie weit ist es denn eigentlich?" „Knapp 40 Kilometer. In spätestens einer Stunde sind wir dort!"

Obwohl sie mit einem praktisch wildfremden Mann an einen ihr unbekannten Ort fuhr, und niemanden etwas davon gesagte hatte, fühlte sie sich doch ganz sicher. Was konnte ihr schon passieren, wenn ein Arzt in der Nähe war?

Das Autoradio dudelte Weihnachtslieder, aber es waren welche im Rock 'n' Roll Stil. Die kamen von einer CD, die Peter gerade eingelegt hatte. Bereits den ersten Titel kannte sie und sang laut mit. Auch Peter stimmte mit ein. Ihr Gesang klang dabei ziemlich schräg. Weder sie, noch der Mann, konnten wirklich gut singen, aber es war egal und machte einfach nur Spaß.

Zumindest hatten sie schon mal, was die Musik betraf, einen ähnlichen Geschmack. Ein paar Lieder später hatten sie den Stadtrand erreicht und fuhren durch die weiße Pracht in das Land hinaus. Im Licht der frühen Sonne glitzerte das so schön und Sabine musste die Augen zukneifen, um nicht geblendet zu werden. Der aufmerksame Mann bemerkte es und schob ihr eine Sonnenbrille zu.

Der Trubel der Stadt blieb hinter ihr und der Schnee brachte eine schöne Winterstimmung. Die Adventszeit, die mit dem Film begonnen hatte, die würde sie nun in Peters Armen bis zum zweiten Advent irgendwo an einem See erleben. Danach würde sie noch eine Woche arbeiten müssen, bevor die letzten Wochen des Jahres Betriebsferien waren. Bis dahin kam noch die Inventur, vor der es ihr, ehrlich gesagt, grauste, aber noch war sie hier mit dem Mann zusammen, der schon einen ziemlich großen Platz in ihrem Herzen belegt hatte.

Mit dem Ende der CD rollte er durch eine kleine Baumgruppe und stand danach mit dem Auto vor einer Hütte am See. Sabine ließ den Blick über die Holzfassade gleiten. Diese Bretter hatten schon bessere Zeiten gesehen und im Moment würde sie wohl ein Hotel dieser Behausung vorziehen, aber die Option hatte sie ab dem nächsten Morgen immer noch.

Vielleicht war das Innere der Hütte nicht ganz so heruntergekommen, wie es das Äußere erwarten ließ. „Mein kleines Schloss", sagte Peter mit einem Augenzwinkern. Nun sah sie zu dem See hinüber, an dessen verschneitem Ufer ein Anleger zu erkennen war. Im Sommer konnte man sicher mit dem Boot hinausfahren, doch jetzt war alles tief verschneit und zugefroren. Nur das Schilf zeigte den Beginn des Ufers an.

Eigentlich ein idyllischer Ort, wenn die Hütte nicht so ärmlich gewesen wäre. Aber wenn das Bett breit genug war, was brauchte sie dann mehr? Der Mann stieg aus, kam um das Auto herum und hob sie auf seine Arme. Während sie ihre Arme um seinen Hals schlang, trug er sie durch den Schnee bis zur Eingangstür. Dort angekommen war es für ihn etwas umständlich, die

Tür aufzuschließen, ohne sie abzusetzen, aber es gelang ihm schließlich.

Danach schob er die Tür auf und sie betraten die Hütte. Neugierig blicke sie sich um und es verschlug ihr den Atem. Das war wirklich ein Schloss! Zumindest die Innenräume, denn nur das Beste vom Feinsten war hier verarbeitet worden. Die Küche war der Traum jeder Hausfrau. Einen Moment später saß Sabine auf einem Designersofa und sah in den, noch kalten, Kamin.

„Ich mache schnell Feuer, damit es dir warm wird und du bleibst einfach hier sitzen. Danach schiebe ich nur noch draußen den Schnee zur Seite", erklärte er und hockte sich vor den Kamin. Nach zwei Versuchen brannte das Feuer und, mit einem griff an den Thermostat, begann es in der Hütte warm zu werden.

Peter lief nach draußen, holte die Koffer und stellte diese neben dem Sofa ab. Anschließend ging er noch einmal nach draußen und nun hatte sie Zeit, diese Hütte ausgiebiger zu erkunden. Zwar nur von ihrem Platz aus, aber es war von hier aus alles einzusehen, weil die Türen der anderen Räume offen standen, damit es auch darin schnell warm werden würde.

Direkt links von ihr befand sich das Schlafzimmer und ein richtig breites Bett schien sie dorthin locken zu wollen. Wie konnte ein einfacher Arzt sich solch eine Hütte leisten? Vielleicht kam er aus einer reichen Familie. Bisher hatte sie noch keine Zeit gehabt, ihn nach seinen Eltern zu fragen, aber die nächsten Tage würden sicherlich auch dafür den Rahmen bieten.

Mittlerweile war es in dem Raum, durch Kamin und Fußbodenheizung, so warm, dass sie die Jacke und die Stiefel ausziehen musste. Den einen Stiefel bekam sie aber nur schwer von ihrem geschwollenen Knöchel herunter. Die folgenden Tage würde sie das Bein wohl etwas schonen müssen, aber wenn es nach ihr ging, dann würden sie die nächsten fünf sowieso das Bett nicht mehr verlassen. Das sah so einladend aus!

Trotz des Verbotes ihres behandelnden Arztes, erhob sie sich vom Sofa und humpelte in das Schlafzimmer hinüber. Das Bett musste noch frisch bezogen werden und Bettwäsche lag dafür schon bereit. Das war eine Tätigkeit, die sie auch mit nur einem Fuß erledigen konnte. Hüpfend umkreise sie dabei das breite Bettgestell.

Als Peter schwitzend in den Raum zurückkam, ließ sie sich in das frisch bezogene Bett fallen und prüfte, ob es ihren Erwartungen entsprach. Sabine setzte sich auf und hüpfte darin umher. Auch dieses Bett war ein Traum, nicht zu weich und nicht zu hart, genau richtig! Das schien alles viel zu perfekt zu passen. Wo war da der Haken?

Auf Peters vorwurfsvollen Blick hin ließ sie sich einfach rückwärts in das Bett fallen. „Wenn du jetzt im Moment nichts anders zu tun hast, dann wäre ich jetzt zum Kuscheln bereit!", sagte sie, winkte ihn zu sich und rutschte ein Stück zur Seite, damit der Mann neben ihr auch noch einen Platz finden konnte.

Langsam kam er auf sie zu, beugte sich über sie und küsste sie. Länger und leidenschaftlicher wurde dieser Kuss. Da es auch schon schön warm in der Hütte war, hatte sie natürlich nichts dagegen, dass er sie aus ihren Sachen befreite. Stück für Stück landete ihre Kleidung vor dem Bett, wo danach auch seine ihren Platz fanden. Peters Finger streichelten ihre nackte Haut und nur ein lüsternes Stöhnen kam dabei über ihre Lippen. Gierig zog sie ihn über sich und wenig später testeten sie das Bett ausgiebiger. Das knarrte noch nicht mal!

Gegen Abend saßen sie, nackt und in eine gemeinsame Decke gehüllt, auf dem Boden vor dem Kamin. Das Licht war aus, nur ein paar Kerzen spendenden ein funkelndes Licht. Wenn das wirklich so blieb, dann hatte Sabine das ganz große Glück gefunden und sie verzichtete nun darauf, nach dem Haken an der Sache weiterzusuchen.

Unter der Decke suchte ihre Hand etwas ganz anderes und wurde schnell fündig. Auch Peters Finger gingen auf die Suche und wenig später liebten sie sich auf der Decke vor dem Kamin. Es war der Himmel!

13. Kapitel

Ordnung im Chaos?

Das Taxi hatte sie, samt ihrer gesamten Habe, in die Firma gebracht und Conny hatte die Koffer bei Gustav in der Pförtnerloge gelagert. Sie mochte den alten Mann, der nun schon kurz vor der Rente war. Sein gutmütiges Lächeln stimmte sie jeden Tag gut in die Arbeit ein und natürlich hatte er ihr sofort zugesagt, auf die Koffer sorgsam aufzupassen.

Mit Grausen dachte Conny daran, wie es bei Sabine am Sonntag ausgesehen hatte. Aber sie hatte keine andere Option, um auf die Schnelle irgendwo für ein paar Tage unterzukommen. Die meisten ihrer Freunde waren auch Franks Freunde. Eigentlich alle, bis auf Sabine! Und bei Bertram wollte sie nicht einziehen. Das würde nur zu einem Desaster werden!

Der Arbeitstag zog sich dahin und schien kein Ende nehmen zu wollen. Erneut war der Drucker unersättlich! Hoffentlich hielt er bis zum Abend durch und würde danach sicherlich bis zum nächsten Morgen brauchen, um abzukühlen. Zumindest brauchte Conny damit in ihrem Büro nicht die Heizung zu bemühen, denn der Laserdrucker heizte ihr auch so schon ordentlich ein. Und die Bewegung des Papierholens und Rechnungen zur Poststelle Bringens, die sorgten nur noch zusätzlich dafür, dass sie auch im T-Shirt hätte arbeiten können.

Jedenfalls neigten sich die Rechnungen langsam ihrem Ende zu. Noch ein Tag und alle würden geschafft sein. In der folgenden Woche stand dann die Inventur an.

Davor grauste es ihr fast mehr, als zu Sabine in die Wohnung fahren zu müssen.

Als die Uhr im Büro 17:00 Uhr zeigte, rief sich Conny ein Taxi. Wenig später lud sie, mit Gustavs Hilfe, ihre Habseligkeiten in das Fahrzeug und es ging los. Irgendwie kam ihr das so Versnobt vor. Mit dem Taxi auf Arbeit und abends wieder heim. So, wie Lady Conny, die sagt „James! Bringen sie mich zum Schloss!"

In die Polster der Rückbank gedrückt, sah sie auf die abendlich und adventlich beleuchteten Straßen. Die Fenster mit der Weihnachtsbeleuchtung glänzten so schön im Schnee auf der Straße. Vom Bus aus war das nur selten so zu sehen, denn da waren meist die Scheiben beschlagen und der Schnee oft zu Schneematsch zerfahren.

Der Taxifahrer half ihr dann, ihre Habe die drei Stockwerke nach oben zu schleppen und bekam dafür fünf Euro Trinkgeld, aber sie wartete, bevor sie die Tür aufschloss, bis der Mann wieder gegangen war. Schließlich konnte sie ja nicht wissen, was sie hinter dieser Tür erwarten würde.

Der Schlüssel drehte sich im Schloss, die Tür schwang auf und nach einem Druck auf den Lichtschalter flammte die Beleuchtung im Flur auf. Zu Conny Verwunderung war Ordnung im Flur! Schnell schob sie die Koffer in die Stube, aber auch da war alles so, wie es nicht schöner in einer Wohnung hätte sein können. Wie hatte Sabine das mit der Krücke nur geschafft?

Ein kleiner Rundgang folgte, aber bis auf Sabines Schlafzimmer waren alle Räume in einem Top-Zustand. Nicht so, wie Conny es am vergan-

gene Sonntag noch vorgefunden hatte. Im Gästezimmer lag saubere Bettwäsche für sie bereit und
auf dem Tisch in der Stube stand eine gute Flasche Rotwein. Eine sehr gute, wie ein Blick auf
das Etikett bewies. Sicherlich eine der besten
Sorten, die Sabine besaß. Eigentlich viel zu schade, um sie einfach so zu trinken, aber da Sabine
ihr ein Glas hingestellt und einen Korkenzieher
danebengelegt hatte, war es wohl eine Art von
Begrüßungsgeschenk.

Als Nächstes begann Conny ihre Sachen aus
den Koffern in den Schrank im Gästezimmer ein-
zuräumen und das Bett zu beziehen. Kurz darauf
war sie mit der Waschtasche auf dem Weg in das
Bad. Auf dem kleinen Waschschrank lag Sabines
rosa Vibrator und ein Zettel lag darunter. „Selbst
ist die Frau", hatte die Freundin auf das Papier
geschrieben und ein lachendes Smiley darunter
gemalt. Das war die Biene, die auch schon in der
Lehre für jeden Scherz zu haben gewesen war.

Noch gut konnte sich Conny an das brum-
mende Geräusch dieses Freudenspenders erinnern, der im Internat in so mancher Nacht vom
Bett gegenüber zu hören gewesen war. Praktisch
in jeder Nacht, in welcher keiner der Jungs bei
Sabine gewesen war. Conny hob das Plastikteil

an und ihre Finger konnten es kaum umfassen. Ein Druck auf den Schiebeschalter bewies, dass Sabine ihn voll aufgeladen hatte. Aber im Moment hatte Conny nicht die Nerven dazu, das Teil zu benutzen, denn viel zu viele andere Fragen sausten durch ihren Kopf. Daher landeten das Ding in der Schublade und der Zettel im Papierkorb.

Das Bad war nicht ganz so sauber, wie der Rest der Wohnung, aber sicherlich war das Putzen mit der Krücke nicht ganz so einfach gewesen. Den Rest hatte die Freundin vielleicht schon am Sonntag gereinigt und durch den Aufenthalt im Krankenhaus war danach einfach nicht mehr viel schmutzig geworden.

Es war weit nach zwanzig Uhr, als sich Conny auf das Sofa fallen ließ, die Flasche von dem Korken befreite und das erste Glas von dem roten Wein in der Hand hielt. Der war wirklich köstlich! Das Glas schwenkend dachte sie zurück, dass sie ursprünglich durch Frank auf den Geschmack beim Wein gekommen war. Erst in der Beziehung hatte sie diese köstlichen Weine schätzen gelernt. In der Lehre hatte sie oft mit Sabine Wein im Tetrapack gekauft und meist sogar aus Kaffeetassen getrunken.

Tausend neue Fragen sausten durch ihren Kopf. Was würde werden? Ab Januar brauchte sie eine neue Wohnung, denn sie wollte ja die Geduld ihrer einzigen Freundin, und Arbeitskollegin, nicht über alle Maßen strapazieren.

Ein stürmisches Klingeln an der Tür riss sie aus den Gedanken. Ignorieren ging nicht und daher erhob sie sich seufzend. Wer war das noch so spät?

Vorsichtig schob sie die Tür, mit vorgelegter Kette, einen Spalt auf. „Ja?" „Ist Sabine da?" Ein etwas älterer Mann mit schütterem Haar stand im Hausflur vor der Wohnungstür. Vermutlich war es Horst. „Nein! Die ist zur Reha, wegen ihres verstauchten Knöchels!" „Können sie ihr bitte ausrichten, sie möge bitte Horst anrufen?" „Ja! Mache ich!" „Schönen Abend!", sagte der Mann und fort war er. Ein seltsamer Vogel! Hatte Sabine nicht gesagt, dass sie mit ihm Schluss gemacht hatte?

Zurück zum Sofa, zum Wein und zu jeder Menge Fragen, die noch zu klären waren.

Stille war in dem Raum. Das Ticken der Wanduhr war mehr als laut zu hören und zeigte deutlich an, wie die Zeit verging.

Trotz der vielen Gedanken zogen ihr die schlaflosen Nächte zuvor und der Wein langsam die Augen zu. Schluss für diesen Tag! Das Chaos in ihrem Kopf musste bis zum nächsten Abend warten.

Müde schlurfte sie in das Bad und danach, frisch geduscht, zu ihrem Bett. Das war so herrlich weich! Und hier hatte Frank vermutlich noch nie geschlafen.

14. Kapitel

Freunde helfen sich! (CW)

*E*s hatte eine ganze Weile gedauert, bis sich Andrea für die andere Frau öffnen konnte. Literweise Tränen hatte Andrea vergossen, aber die meisten aus Wut auf sich selbst! In dieser Unterkunft war sie nun schon ein paar Tage. Am Anfang war es für sie ziemlich demütigend gewesen, mit Saskia über die Vorfälle zu reden und auch noch Beweisfotos machen zu lassen, doch die Frau hatte ihr erklärt, dass sie nur dann später mal Theo verklagen konnte. Falls sie das wollte. Saskia hatte sie nicht bedrängt, sondern ihr nur gut zugeredet und die Bilder, sowie das Protokoll, lagen nun in einem verschlossenen Fach in Andreas Schrank. Nur sie hatte den Schlüssel.

Am ersten Tag hatte sie das Zimmer dann doch nicht mehr verlassen, obwohl sie zuvor eigentlich vorgehabt hatte, mit in die Küche zu gehen, doch das Fotografieren hatten den Schmerz erst wirklich in ihr Bewusstsein geholt. Und diese Bilder hatten eine Erkenntnis in ihr ausgelöst: Theo hatte sie in der Nacht vor ihrer Flucht vergewaltigt!

Zuvor war ihr das nicht wirklich bewusst geworden. Fortgelaufen war sie ja wegen des Schlages! Doch das war eben nicht das Schlimmste gewesen! Das Auge war noch grün, aber das würde wieder heilen. Der Schmerz tief in ihrer Brust, der würde vermutlich länger brauchen.

Donnerstagmittag, sie lag auf dem Bett, in dem rosa Trainingsanzug, den ihr Saskia gegeben hatte, und erzählte schon seit Stunden alles, was in den letzten drei Monaten vorgefallen war. Die andere Frau hörte aufmerksam zu, unterbrach sie nicht und in den Momenten, in denen Andrea nachdenken musste, hörte sie den Stift über das Papier gehen.

Saskia schrieb alles mit und führte Protokoll, während Andrea den kleinen Teddybären umklammerte, den ihr die Frau am ersten Abend gegeben hatte. Zusammen mit der Kleidung hatte sie ihr diesen Bären gebracht und der sah fast so aus, wie der Teddy, den Andrea als Kind gehabt hatte.

Mit Tränen in den Augen schilderte sie gerade zum wiederholten Male die Ereignisse dieser verdammten Nacht. Wie Theo sich über irgendeine Kleinigkeit aufgeregt, sie an den Haaren gepackt und zum Bett geschleift hatte. Der Schmerz war wieder zu spüren und Andrea krümmte sich im Bett zusammen. Saskia berührte sie nur sanft an der Schulter und flüsterte „Alles ist gut! Du bist hier in Sicherheit!" Und das war sie hier wirklich.

Um sich kurz abzulenken, gingen Andreas Gedanken aus dem Zimmer raus auf den Flur. Hier waren nur Frauen und ein paar kleine Kinder. Es war so eine Art von Durchgangsstation, in welcher die Frauen nur kurz blieben, um zur Ruhe zu kommen und um die dunklen Ereignisse zu verarbeiten. Zehn Zimmer gab es, in denen momentan, außer ihr, fünf Frauen wohnten.

Andreas Nachbarin war eine junge Frau mit einem Kleinkind, die sie am Morgen beim Frühstück in der Küche getroffen hatte. Die junge Mutter hatte ihr erzählt, dass ihr Vermieter ihr einfach wegen Mietschulden fristlos gekündigt hatte und sie nicht gewusst hatte, wohin sie hätte gehen können. Saskia, die hier mit zwei anderen Frauen die Bewohnerinnen betreute, hatte ihr für eine Weile ein Zimmer gegeben, damit sie wenigstens in der Adventszeit eine Bleibe hatte, denn auch das war wichtig. Andrea knuddelte den

Bären und entspannte sich wieder. Ihr Blick traf die Frau neben sich. Obwohl Saskia bestimmt keine fünf Jahre älter war, war sie fast mütterlich zu ihr. So, wie sich Andrea früher ihre Mutter gewünscht hatte.

Es gab hier einen Rufknopf und in der ersten Nacht hatte sich Saskia an ihr Bett gesetzt, als Andrea durch einen Albtraum geweckt worden war. In ihrer Kindheit hatte sie das nie so erlebt. Die Familie war sehr wohlhabend gewesen und die Mutter hatte im Vorstand eines Unternehmens gearbeitet. Alles, was Andrea haben wollte, das hatte sie bekommen. Nur kaum Liebe! Die hatte sie danach von ihrem Freund erwartet, doch der hatte ihr nur Schmerzen gebracht.

Und abermals begann sie von vorn! Andrea erzählte vom Jobverlust des Freundes, von den Streitgesprächen des Anfanges. Den Vorwürfen, die sich Theo am Anfang noch selbst gemacht hatte, bevor er diese danach auf sie projiziert hatte. Nun wusste sie, dass sie daran nicht schuld gewesen war. Bis vor ein paar Tagen hatte sie das noch als Wahr angenommen.

Der Freund hatte es ihr so oft erzählt, bis sie es selbst geglaubt hatte. Dann waren die Beschimpfungen gekommen, das Schreien, die Angst. Schließlich die Vergewaltigung und der Schlag. Vermutlich hatte dieser Schlag sie wachgerüttelt, denn ohne diesen hätte sie ihm die Gewalt vielleicht noch verziehen. Obwohl es da nicht zu verzeihen gab!

Jetzt tat es so gut, sich das alles von der Seele zu reden, denn die Monate zuvor hatte sie sich ja auch niemanden anvertrauen können. Nicht den Arbeitskollegen und gleich gar nicht ihren beiden Brüdern. Die Eltern waren vor ein paar Jahren gestorben, aber sicher hätten sie auch kein Verständnis für ihre Probleme gehabt. Weder die Mutter, noch der Vater, hatten jemals in irgendeiner Form Gefühle gezeigt, geschweige denn, darüber geredet.

„Rede weiter!", forderte Saskia sie leise auf. Die Frau hatte ihr erklärt, dass alles erst mal rausmusste. Der Schmerz, der Selbsthass und der Zorn auf sich selbst mussten verarbeitet werden, erst danach konnte es besser werden.

Bewundernd blickte Andrea zu Saskia auf. Diese Frau war eine Art von Multitalent. Sie war Betreuerin, Psychologin, Therapeutin Sachverständige, Freundin und auch noch eine der besten Köchinnen, die Andrea jemals gesehen hatte. Ihre Lasagne, die sie am Tage zuvor gemacht hatte, die war die schmackhafteste der Welt!

„Ich danke dir, dass du mir zuhörst! Aber das ist ja auch dein Job. Oder?" „Nein. Vielleicht ein bisschen, aber nicht nur. Ich höre dir zu, weil ich dich mag. Weil ich fühlen kann, was du fühlst." „Hattest du auch so ein Erlebnis?" „Leider ja. Als junges Mädchen ist mir das auf eine Party passiert. Während vorn alle zur lauten Musik getanzt haben, hat mich ein Freund in einem Hinterzimmer vergewaltigt. Keiner hat meine Schreie gehört. Vielleicht habe ich deshalb auch Psychologie studiert, um zu helfen."

„Hast du ihn verklagt? Was ist mit dem Täter geschehen?" „Ich hab zu lange gewartet. Mir selbst Vorwürfe gemacht, weil ich ein zu kurzes Kleid getragen hatte. Ich hatte keine Beweise und dann stand es Aussage gegen Aussage. Er hat ein paar Sozialstunden bekommen. Deshalb mache ich das hier!" Dabei hob Saskia den Block hoch, auf dem sie Andreas Aussagen mitprotokollierte.

„Schade für dich. Ich hätte gern schon früher jemanden zum Reden gehabt." „Rede einfach weiter, ich höre zu! Alles, was wichtig ist, das schreibe ich auf, damit du später alles belegen kannst!" „Danke!" Andrea richtet sich auf und umarmte die andere Frau.

Anschließend ließ sie sich in das Bett zurückfallen, richtete ihren Blick zur Zimmerdecke und begann erneut von vorn zu erzählen.

15. Kapitel

Heiße Tage am See

Sie konnte sich keinen Platz vorstellen, an dem es ihr im Moment besser gefallen hätte, als in dieser Hütte am See. Seit ein paar Tagen waren sie nun schon hier und es musste Freitag sein, falls sie sich nicht irgendwie verzählt hatte. In den Tagen zuvor hatte sie ihren Fuß geschont und die Schwellung war vollständig abgeklungen. Ein bisschen grün war der Knöchel noch, aber das würde sich auch noch geben.

Praktisch waren sie in den letzten Tagen kaum aus dem Bett gekommen. Und wenn doch, dann nur bis zum Kamin. Peter verwöhnte sie nach allen Regeln der Kunst. Und Sachen zum Anziehen hatte sie auch nicht gebraucht. Die Koffer standen immer noch vor dem Sofa, wie Peter diese am ersten Tag dort hingestellt hatte.

Auch das Telefon war schon ein paar Tage aus, nachdem Horst mehrfach versucht hatte, sie zu erreichen. Dieser Lump konnte sich eine andere suchen, mit der er seine Frau betrügen würde. Hier war sie glücklich. Peter brachte ihr einen

Kaffee an das Bett und sie setzte sich auf. Nackt beugte sich der Mann zu ihr herunter, gab ihr die Tasse, einen Kuss und verschwand danach in die Küche, wo er sich eine Schürze umband und ein Essen für sie beide zubereitete. Das würden sie später dann vor dem Kamin einnehmen. Ebenfalls nackt! So, wie die Tage zuvor. Dieser Platz hier, der war der Himmel auf Erden, aber am Montag würde sie wieder irgendwelche Ersatzteile im Lager der Firma zählen müssen.

Viel lieber würde sie noch hier bleiben, aber ihr Pflichtgefühl gegenüber der Freundin würde das nicht zulassen. Seit sie hier war, lebte Conny nun schon in ihrer Wohnung. Da würden dann die Treffen mit Peter in der folgenden Woche etwas wenige werden müssen, denn schließlich wollte sie Conny, nach deren Unglück mit Frank, nicht noch ihr Glück mit Peter unter die Nase reiben.

Vielleicht konnte sie ja bei Peter in dessen Wohnung ein paar Nächte bleiben. Das Reden über die Familien, das sie sich am ersten Tag vorgenommen hatte, war ihren sportlichen Betätigungen zum Opfer gefallen. Und schon alleine bei dem Gedanken daran kribbelte ihr Unterleib schon wieder so schön. Der Gedanke an den gigantischen Sex machte sie feucht! Das verstärkte der Blick auf Peters nackten Hintern unter der Schürze nur noch. Von diesem Platz aus war der Mann gut zu sehen, aber das Essen hatte erst mal Vorrang.

Um sich von ihrem, vor Verlangen pochendem, Schoß abzulenken, glitt ihr Blick aus dem Fenster und sie sah über den verschneiten See. Das kleine Wäldchen war wie mit Zuckerguss vom Schnee überpudert und rief förmlich danach, nach draußen zu gehen. Vielleicht konnten sie ja mal einen kleinen Spaziergang wagen, aber dazu musste sie das schöne Bett verlassen.

Sabine schob die Decke zur Seite, schwang ihre Beine über das Bettgestell und trat vorsichtig auf den Boden auf. Der Schmerz war fort. Schritt für Schritt ging sie zu Peter hinüber. Fragend sah der Mann sie an, während ein leckeres Gemüsegericht in dem Topf köchelte. Verzichtete der Mann ihretwegen auf Fleisch? Oder war er wirklich auch ein Vegetarier? Im Kühlschrank war zumindest kein Fleisch zu sehen gewesen, und auch die Konserven im Vorratsschrank waren durchweg fleischlose Kost.

„Wollen wir dann mal einen kleinen Spaziergang durch den Winterwald machen?", fragte Sabine und er blickte auf ihren Fuß. „Meinem Knöchel geht es wieder gut!" „Ich wollte dann eigentlich die Sauna anheizen. Hast du Lust?" „Mit dir zu schwitzen, wo es so richtig heiß ist? Aber immer!", gab sie zurück und musste Lachen.

„Kannst du mal kurz umrühren? Ich gehe vorheizen!" Sabine nahm den Holzlöffel und die Schürze, während Peter in den Keller hinunterstieg. Versonnen blickte sie ihm nach und vergaß dabei fast das Rühren. Peter war gut gebaut und sein Hintern ziemlich knackig. Sicherlich machte er sonst viel Sport. Bestimmt war er Dauergast in irgendeinem Fitnessstudio, auch, wenn sie in den letzten Tagen eher in der horizontalen Ebene Sport gemacht hatten. Und schon wieder kribbelte ihr Schoß.

Er war wirklich ein ausdauernder und zärtlicher Liebhaber und er nahm Rücksicht auf ihre Bedürfnisse. Nicht so, wie es bei Horst und den anderen Männern zuvor gewesen war. Die wollten immer nur schnell zum Abschuss kommen. Rein, raus, fertig! Peter wartete sogar manchmal darauf, dass sie kommen konnte.

Gerade stieg er von unten wieder zu ihr herauf. Dieser wiegende Gang würde eher für einen Seemann sprechen, als für einen Arzt, aber vielleicht segelte er im Sommer oft auf diesem See.

Wortlos nahm er ihr den Löffel ab, gab ihr einen Kuss und schickte sie vor den Kamin. Dort auf der Decke hockend schob sie ein paar Holzscheite in das Feuer. Die waren an einer Seite der Hütte an der Wand aufgeschichtet und dieser Stapel hatte in den letzten Tagen schon ziemlich abgenommen.

Es klapperte an der Seite und Peter brachte die Teller. Nackt sich gegenübersitzend, fütterten sie sich gegenseitig und das Essen war wieder köstlich. Ganz zu schweigen von den Küssen, die ihr Peter nach jedem zweiten Bissen gab.

Nach diesem Mahl saßen sie unten im Keller in der Hitze einer finnischen Sauna. Die war riesengroß und hatte die Abmessungen ihres Büros in der Firma. Hier hätten ohne Probleme zehn Leute Platz gehabt und trotzdem zog Peter sie schon bald auf seinen Schoß. Nun wurde es noch heißer in dem Raum. Mit dem Rücken gegen die Brust des Mannes gelehnt bewegte sie ihre Hüften auf und ab, wobei sie das Ächzen und Keuchen des Mannes in den Ohren hatte. Das heizte sie nur noch mehr an. Ohne auf sich selbst Rücksicht zu nehmen, trieb sie ihn voran. Dann krallten sich seine Finger in ihre Hüften und er riss sie nach unten. Stöhnend genoss sie sein Zucken in ihrem Schoß.

Ein paar Augenblicke später kam er wieder zu Atem und zog sich aus ihr zurück. Sabine drehte sich zu ihm um und setzte sich auf seinen Schoß, die Beine links und rechts an ihm vorbei gestreckt. Lange küssten sie sich in dieser Position. „Im Sommer wäre ich jetzt in den See gesprungen, aber heute müssen wir uns im Schnee abkühlen!", sagte er und hob sie von seinem Schoß.

In die Kälte hinaus? Wollte sie das wirklich? Sie musste, denn Peter zog sie einfach hinter sich her. Es waren sicherlich -10° C vor der Hütte! Nackt bewarfen sie sich gegenseitig lachend mit Schnee, bevor Peter sie zu fassen bekam und mit der kalten Pracht einrieb. Sabine quietschte dabei wie ein kleines Kind auf.

Lachend rannten sie nach ein paar Minuten wieder hinein und stellten sich gemeinsam zum

Aufwärmen unter die Dusche. Seine streichenden Hände machten sie regelrecht wuschig! Offenbar merkte er dies. „Mein Schatz! Jetzt bist du dran!", sagte er und drückte sie mit dem Rücken gegen die Wand der Dusche. Die kalten Fließen ließen sie zusammenzucken. Peter kniete sich vor sie und legte ihre Schenkel auf seine Schultern. Er begann sie mit Fingern und Zunge zu verwöhnen und das warme Wasser lief über ihren Körper. Schnaufend, stöhnend und sich windend genoss sie seine Zärtlichkeiten.

Nachdem sie schreiend zum Höhepunkt gekommen war, duschten sie weiter und saßen wenig später vor dem heißen Kamin. Aber das Feuer war nicht halb so heiß, wie es das Gefühl zuvor in ihr unter der Dusche gewesen war. „Unseren Spaziergang machen wir morgen! Ich kenne ein kleines Café in der Nähe, da werden wir Kaffee trinken und Stollen essen!", erklärte er und sie bedankte sich mit einem Kuss. An ihn gekuschelt sah sie glücklich in das Feuer.

16. Kapitel

Unter einer Decke

*F*reitagmittag war es, als Conny die allerletzte Rechnung gedruckt, unterschrieben und in einer regelrechten Art von Zeremonie eingetütet hatte. Direkt vor der Poststelle traf sie auf den Chef, der sich natürlich wunderte, warum sie ein einziges Kuvert wie in einer Prozession vor sich her trug. „Fertig! Alles auf dem Weg!", konnte sie ihm nur freudestrahlend entgegnen. „Dann haben sie ab jetzt Wochenende! Genießen sie den zweiten Advent!", sagte der Mann und Conny sah ihm einen Moment hinterher.

Eine Woche zuvor wäre sie da wohl fröhlich durch das Büro gehopst, aber nun war alles anders. Schon am Abend zuvor war ihr fast die Decke auf den Kopf gefallen. Der leckere Wein war alle und was kam nun? Drei volle Tage, oder zweieinhalb, in der leeren Wohnung, bis Sabine wieder da war? Schreckliche Vorstellung!

Bei dem Bild der Decke über dem Kopf kam ihr die Idee, die Mutter zu besuchen. Schnell war der Brief abgegeben, das Büro beräumt und Conny auf dem Weg zum Bahnhof. In dem Bahnhofsgebäude überfiel Conny danach wieder die Erinnerung daran, was nach ihrem letzten Besuch in diesem Gebäude passiert war. Es war wie eine Art von Flashback, der sie für einen Moment zittern ließ. Sollte sie umkehren? Und dann? Sabine war nicht da und sie musste unbedingt mit jemanden diese Woche auswerten. Damit blieb eben nur die Mutter übrig, auch, wenn ihr das sicher schwerfallen würde.

Am Fahrkartenschalter ergatterte sie das letzte Supersparticket für den ICE. 19,95 €, statt der sonst üblichen mehr wie hundert! Das war wie ein verfrühtes Weihnachtsgeschenk und schrie danach, die gesparten 80 Euro, zumindest teilweise, in Geschenke für die Mutter und ihren Stiefvater Rolf zu reinvestieren.

Eine halbe Stunde später brachte sie der Zug mit Tempo 270 in die alte Heimatstadt. Keine halbe Stunde würde der Express bis dahin brauchen. Da lohnte es sich noch nicht mal, sich ein Abteil zu suchen. Daher blieb sie einfach im Bordbistro und der Kaffee war gerade ausgetrunken, als die Ansage der bevorstehenden Ankunft erfolgte.

In der ganzen Zeit dieser Fahrt waren ihre Gedanken ständig zu dem unbekannten Mann geflogen. Tagelang hatte sie nur den Kummer mit Frank und Franziska in sich gespürt und mit zunehmender Entfernung von dieser Wohnung kam nun das gute Gefühl der Adventsnacht zurück.

Der Schmerz war fort und irgendwie kribbelte es in ihr. Bei dem Gedanken an die erlebte Lust fiel ihr ein, dass sie vielleicht doch den rosa Freudenspender der Freundin hätte benutzen sollen! Aber der lag in der Wohnung von Sabine und wartete dort auf seinen Einsatz. Zuerst das Alte beenden! Frank musste aus ihrem Kopf, dann würde etwas Neues kommen.

Der Bahnhof schob sich langsam vor die Fenster der Ausgangstür und es war wie Jahre zuvor, wenn sie alle paar Wochen vom Internat nach Hause gefahren war. Der Zug hielt, die Tür öffnete sich und der wohlbekannte Geruch schlug ihr entgegen. Selbst mit verbundenen Augen hätte sie daran die Heimatstadt sofort erkannt, obwohl ihr das erst in der Lehre aufgefallen war. Es war ein Gemisch aus den Düften einer Seifen-, einer Schokoladen- und einer Bekleidungsfabrik. Unverkennbar!

Mit der Handtasche am langen Riemen auf der Schulter, beide Hände in den Manteltaschen vergraben, schlenderte sie den vertrauten Weg entlang. Würde die Mutter überhaupt zu Hause sein? Sie hatte zwar auch einen Schlüssel, aber nach all der vergangenen Zeit würde sie nur ungern einfach so in die Wohnung gehen. Das erinnerte sie zu sehr an das eine Mal, als sie mit sechzehn etwas früher von einer Party gekommen war und die beiden Eltern beim Sex auf dem Sofa überrascht hatte. Bei diesem Bild bekam sie jetzt noch heiße Ohren. Keinem Teenager sollte so ein Anblick zugemutet werden müssen.

Die letzten hundert Meter. Sollte sie in der Bäckerei an der Ecke etwas Stollen kaufen und mitnehmen? Sie betrat den Laden, die vertraute Glocke klingelte und eine weißhaarige Frau drehte sich zu ihr um. „Hallo Constanze, du hast dich ja schon ewig nicht mehr sehen lassen!" Nur die alte Hertha nannte sie noch bei ihrem vollen Namen! Das hatte sie schon als Kind nicht gemocht. Die Mutter hatte das immer nur getan, wenn Conny irgendetwas ausgefressen hatte. „Hallo Frau Müller! Ja! Schon eine ganze Weile. Wie geht es ihren Enkeln?" Eigentlich wollte sie es nicht wissen, aber Hertha war immer froh, wenn sie von den Kindern ihrer Tochter erzählen konnte.

Ein Wasserfall aus Worten fiel über Conny herab und sie verstand nur ein Zehntel davon. Viel zu lange war sie da schon raus.

Endlich hatte sie den Stollen und betrat wenig später das Treppenhaus zur elterlichen Wohnung. Es roch nach Bohnerwachs! Vermutlich hatte gerade erst jemand die Hausordnung gemacht. Ein neuer Flashback! In der Schulzeit hatte sie dies oft für die in Vollzeit arbeitende Mutter übernommen. Erinnerungen an damals sausten durch ihren Kopf.

Schritt für Schritt stieg sie die Treppe hinauf. Was würde die Mutter zur Trennung von Frank sagen? Eigentlich hatte sie ihr immer von ihm abgeraten. Hatte die Mutter da schon lange so eine Ahnung gehabt?

Die Wohnungstür, der Klingelknopf, das vertraute Klingeln. Ein paar Augenblicke danach öffnete die Mutter mit zerzausten Haaren und falsch zugeknöpfter Strickjacke. Nur nicht drüber nachdenken!

Zwei Minuten später saß Conny zwischen Rolf und der Mutter auf dem Sofa, obwohl sie lieber dem Sessel den Vorzug gegeben hätte. Bei Kaffee und Stollen bestürmte die Mutter sie nun mit allen möglichen Fragen, aber mit Rolf auf der anderen Seite blieb ihr eben nur, von der Arbeit oder der großen Stadt zu erzählen.

Es fühlte sich irgendwie falsch an, hier ihr Liebesleben auf dem Tisch auszubreiten, wo der Mann zuhörte. Zwar kannte sie ihn nun schon fünfzehn Jahre und hätte mit handwerklichen Fragen jederzeit seinen Rat gesucht, aber über Sex konnte sie da einfach nicht reden. Das war schon mit der Mutter schwierig und jetzt war wieder das kleine, schüchterne Mädchen in ihr. Die Geschenke fanden begeisterte Abnehmer.

Stunden später, nach einer Adventsshow im Fernsehen, war Conny wieder in ihrem alten Zimmer. Hier hatte sich nichts geändert. Selbst die Bettwäsche schien dieselbe zu sein, die bei ihrem letzten Besuch hier aufgezogen gewesen war, aber sie roch frisch. Vermutlich hatte die Mutter zwei dieser Sets mit den rosa Flamingos im Schrank.

Das hier war ihr alles so vertraut und es stammte aus einer Zeit vor Frank. Fast konnte sie die Mutter noch ihren täglichen Satz rufen hören „Waschen, Zähne putzen und ab in dein Bett!" Schmunzelnd räumte sie ihre Tasche aus. Für die zwei Tage hatte sie nicht viel mit, aber im Schrank war sicher Wechselwäsche. Und sogar ein Schlafanzug lag noch unter der Bettdecke bereit.

Geduscht und satt lag sie später im Bett, als die Mutter im Nachthemd in das Zimmer kam. „Na dann erzähle mal! Was ist los!", sagte sie, als sie zu Conny unter die Bettdecke schlüpfte. Wo anfangen? Bei der eigenen Verfehlung? Oder der von Frank?

17. Kapitel

Die Schwingen der Liebe

In den letzten zwei Tagen, also seit sie wieder richtig laufen konnte, hatten sie sich praktisch an jeder Stelle in dieser Hütte geliebt. Auf dem Tisch, der Küchenanrichte, dem Sofa. Überall und es war immer der Hammer gewesen. Nun war es Sonntag und damit würde heute der Abschied kommen. Zumindest der von dieser Hütte, denn Peter musste am Abend wieder im Krankenhaus sein. Nackt stand Sabine vor der großen Fensterfront, die Hände und die Stirn gegen das kalte Glas gepresst, und dachte an diese fünf Tage zurück. Was für Tage waren das gewesen! Sie hatten sich sicherlich hundert Mal geliebt!

Rückblickend hatte Sabine erst verstanden, dass alle Männer zuvor nur Versager gewesen waren. Denen ging es nur darum, selbst ihren Spaß zu haben und schnell zum Schuss zu kommen. Auch Horst hatte nur daran gedacht, wenn er mal eine Stunde Zeit gehabt hatte. Allerdings hätten oft fünf Minuten gereicht.

Im Moment war Sabine von Glücksgefühlen überwältigt. Sie musste Peter unbedingt behalten, denn wenn das hier schiefging, dann würde es schwer sein, einen Mann zu finden, der auch nur annähernd an Peter heran kam. Zwar waren sie auch nur im Bett gewesen, aber der Sex war bombastisch gewesen. Peter war immer wieder darauf bedacht gewesen, dass sie auch auf ihre Kosten kam.

Die kalte Glasscheibe kühlte ihren erhitzten Körper langsam wieder herunter, doch Peter trat zu ihr und streichelte ihren Rücken. Zärtlich zog er ihre Wirbelsäule nach und das heizte sie wieder auf. Stöhnend warf sie ihren Kopf zurück und drückte sich seinen Händen entgegen. Schon alleine sein Streicheln reichte aus, dass sie weiche Knie bekam.

Dieses grenzenlose Glück flutete wieder ihren Körper. Sie war ihm verfallen, mit Haut und Haar, und es tat gut. Der Mann hob sie auf seine Arme und trug sie zum Sofa, wo er sie sacht ablegte. Das war ihr einfach zu viel Rücksichtnahme und sie zog ihn gierig zu sich herab. Halb auf der Lehne liegend umschloss sie seinen Leib mit ihren Beinen und schob ihn in sich. Der Mann hatte keine Chance, diesem Angriff zu entgehen!

Als sie ihn wenig später wieder frei gab und zu Atem gekommen war, fragte sie Peter „Du hattest mir doch für gestern einen Besuch in der Gaststätte versprochen. Mit Kaffee und Stollen. Heute ist der zweite Advent und ich wäre jetzt dazu bereit!" Peter beugte sich zu ihr herab, gab ihr einen Kuss und hob sie auf die Füße. „Dann sollten wir jetzt duschen und danach gehen. Es sind etwa zwanzig Minuten zu Fuß durch das Waldstück."

Sabine nickte und küsste ihn, dann zog er sie zur Dusche. Eine Stunde später machten sie sich auf den Weg. Der Wald war tief verschneit, aber der Waldweg war frei. Offenbar hatte da jemand am Morgen Schnee geschoben. Die Kälte des Nachmittags zwickte in ihre Wangen, aber so würde ihr erhitzter Leib vielleicht endlich zur Ruhe kommen. Sabine wollte einfach mal nicht an Sex denken! Gelegentlich fiel Schnee von den Bäumen auf sie herab. Es war so herrlich in seinem Arm.

Nach den versprochenen zwanzig Minuten lichtete sich der Wald und ein beschauliches Dorf war zu sehen. Peter steuerte auf ein größeres Haus zu, an dem etwas von Café und Pension stand.

Auf dem Fußabtreter klopften sie sich den Schnee von der Kleidung und betraten das Haus. Der Gastraum war gemütlich eingerichtet und kleine Weihnachtsgestecke befanden sich auf den Tischen. Auf jedem etwas anderes. Auf einem stand eine Schneeprinzessin und dorthin lenkte Sabine ihre Schritte, weil sie sich im Moment selbst wie eine Prinzessin fühlte. Sie hatte ihren Prinzen an ihrer Seite!

Peter folgte ihr und nahm ihr den Mantel ab. Als sie zur Stuhllehne griff, sprang er zu ihr, zog den Stuhl zurecht und ließ sie sich setzen. Er schob ihr den Stuhl hin, wie ein Gentleman. So etwas hatte noch nie jemand für sie gemacht.

Wenn sie nicht sowieso schon bis über beide Ohren in Peter verliebt gewesen wäre, dann hätten diese kleinen liebevollen Gesten nun dafür gesorgt. Er winkte die Bedienung zu sich und eine ältere Frau erschien. „War in eurer Hütte alles in Ordnung?" „Ja! Danke Gundula. Ich wusste, dass ich mich auf dich verlassen kann! Zweimal Kaffee und Stollen!"

Die Frau nickte, lächelte und eilte nach hinten. „Gundula betreut meine Hütte, wenn ich nicht da bin. Sie kauft auch ein und macht darin sauber!", erklärte Peter auf Sabines fragenden Blick hin.

Der Kaffee und der Stollen kamen und es war ein Gedicht! So einen köstlichen Weihnachtsstollen hatte Sabine noch nie zuvor gegessen. Schnell bestellte sie sich ein weiteres Stück davon. „Den habe ich selbst gebacken!", sagte Gundula und Sabine bedankte sich dafür.

Nach dem Kaffee zeigte Peter auf die Uhr an der Wand. Es war wohl das Zeichen für den Aufbruch. Gundula kam zum Tisch, Peter bezahlte und sagte „Wir fahren dann zurück, aber vor Weihnachten kommen wir sicher noch mal zurück." „Ich räume dann morgen auf. Rufe einfach an, wegen dem Kühlschrank! Hat es euch geschmeckt?" „Ja! Es war köstlich!", sagte Sabine, bevor Peter es sagen konnte. Wenig später liefen sie durch den Schnee zurück zu ihrer Liebeshöhle.

Nun nahte der Abschied von ihrem Nest! Aber sie würden ja bald zurückkommen. Zumindest hatte Peter das gesagt. Der noch nicht ausgepackte Koffer landete wieder im Auto, das Peter

mit ihrer Mithilfe schnell vom Schnee befreit
hatte.

Sabine warf noch einen letzten Blick auf diese
unscheinbare Hütte. Es waren herrliche Tage gewesen, doch nun musste Peter zurück. Am Abend
würde er wieder im Krankenhaus sein und sie
musste am nächsten Tag die Inventur beginnen.
Vielleicht hätte Peter sie auch noch ein paar Tage
krankgeschrieben, aber ohne den Geliebten machte das keinen Spaß.

Versonnen dachte sie an die vergangenen fünf
Tage zurück. Dann gingen ihre Gedanken nach
vorn. „Sehen wir uns morgen?", fragte sie und
musste an Conny denken. Da konnten sie sich nur
bei ihm treffen. „Leider nicht! Aber, wenn du
Dienstagabend zum Krankenhaus kommst! Ich
habe gegen 18 Uhr Feierabend!" „Gern! Aber wir
müssten zu dir! Meine Mitbewohnerin ist vermutlich gerade nicht so gut auf Männer zu sprechen!"
„Kein Problem, aber ich habe nicht aufgeräumt!",
sagte er und lachte.

Weihnachtsmusik dudelte aus dem Autoradio
und die verschneite Gegend flog am Autofenster
vorbei. Erneut musste Sabine an diese fünf Tage

denken und sie konnte spüren, wie ein breites Lächeln sich auf ihr Gesicht schlich. Sie hatte das Glück gefunden und würde es so schnell nicht mehr aus der Hand geben.

Nun zog sie das Auto zurück zur Stadt und zu Conny. Was sollte sie der Freundin sagen? Lieber nichts von diesen Tagen? Nur etwas von der Erholung. Vom Stollen, vom Kaffee und vom Spaziergang durch den Schnee? Das würde sich zeigen! Sabine zog ihr Telefon aus der Manteltasche und schaltete es ein. Ein paar Anrufe waren ihr entgangen. Vier davon von Conny! Was war wohl passiert?

Aber jetzt lohnte der Rückruf auch nicht mehr, denn gerade passierten sie den Stadtrand. Das Gewimmel des Straßenverkehrs nahm schlagartig zu, auch, wenn es Sonntag war. Oder vielleicht gerade darum, denn es war ja der Nachmittag des zweiten Advent! Erneut flutete das Glück ihren Körper. Sabine schwebte auf den Flügeln der Liebe dahin. Alles war gut, wenn Peter bei ihr war.

18. Kapitel

Wiederholung ist Schicksal!

Jn Gedanken vertieft stieg Conny die Treppe zu Sabines Wohnung hinauf. Sie hatte mit der Mutter über sich und Frank reden wollen und dabei mehr über sich selbst erfahren, als sie zu hören gehofft hatte. Jahrelang hatte sie die Mutter bekniet, ihr etwas über ihren Vater zu erzählen und immer wieder war die Mutter ihr ausgewichen. Irgendwann hatte sie es aufgegeben und nun wusste sie, warum die Mutter es ihr verschwiegen hatte. Sie schloss die Tür auf und Sabine kam hinter ihr mit ihrem Koffer die Treppe hoch. Beide Freundinnen nickten sich zu und betraten zusammen die, nun gemeinsame, Wohnung. „Wie war deine Woche?", fragte Conny, nachdem sie beide ihre Mäntel an der Garderobe angehängt hatte und zur Stube hinübergegangen waren. Das Lächeln von Sabine war vielsagend und bedurfte keiner Erklärung. „Und deine?", fragte Sabine einfach nur zurück.

„Ging so!" „Ich sehe es!", entgegnete Sabine und zeigte auf die leeren Rotweinflaschen auf dem Tisch. Es waren drei Stück! Ohne die Taschen ausgepackt zu haben, ließen sie sich nebeneinander auf dem Sofa nieder und Conny suchte nach den Worten, um das zu beschreiben, was in ihrem Kopf gerade so umherging. „Ich war bei meiner Mutter!" „Aha!" „Nichts Aha! Du kannst dich doch noch erinnern, dass sie mir nie erzählen wollte, wer mein Vater war." „Und? Hast du eine Antwort darauf bekommen?" „Ja! Eine ziemlich verstörende." „Erzähle!" Für einen Moment dachte Conny an diese Nacht zurück, in welcher die Mutter es ihr im Bett erzählt hatte. Dazu musste sie vom Anfang an beginnen!

Sabine blickte gespannt zu ihr herüber und mit jeder Sekunde, die Conny wartete, schien die Freundin neugieriger zu werden. „Ich habe meiner Mutter das mit dem One-Night-Stand erzählt und hatte eigentlich erwartet, dass sie mir irgendwie Vorwürfe machen würde, doch stattdessen ist sie nun endlich mit der Wahrheit rausgerückt." „Sie auch? Ich habe deine Mutter nur ein paar Mal gesehen, aber so hätte ich die nicht eingeschätzt!" „Ich bis Freitag auch nicht! In der ganzen Zeit habe ich mir immer wieder gedacht, wer es wohl gewesen war. Ein berühmter Musiker, Schriftsteller oder Politiker. Irgendjemand, dessen Identität geheim gehalten werden musste." „Und wer war es nun? Mach es doch nicht so spannend!", drängelte Sabine.

„Irgendeiner, den sie auf der Loveparade in Berlin getroffen hat. Dort ist sie damals, 1994, mit ihrer Freundin hingefahren. Laute Musik, Drogen, tanzen! Und einer, der nicht mal seine Maske dabei abgenommen hat. Sie weiß nur, dass er Chris hieß. Fünf Minuten hinter einer Lautsprecherbox! Sie konnte es mir all die Jahre nicht sagen, weil sie es nicht wusste! Und nun ist mir ähnliches passiert! Irgendwie hat sich das Schicksal wohl wiederholt!" „Zumindest habt ihr aber Kondome benutzt!" „Ich glaube ja." „Du glaubst nur?" „Das erste Mal definitiv. Die beiden anderen Male kann ich es dir nicht sagen! Zumindest beim dritten Mal nicht, denn da war ich viel zu gierig auf ihn!"

„Also, wenn sich deine Vergangenheit wirklich wiederholen sollte, dann würde ich an deiner Stelle mal in die Apotheke gehen und einen Test holen!" „Meinst du wirklich?" „Nimmst du die Pille?" „Nein! Die vertrage ich nicht!" „Dann solltest du morgen nach der Arbeit definitiv einen kaufen!", ergänzte Sabine und erhob sich vom Sofa.

Ratlos sah Conny der Freundin nach, die mit ihrem Koffer in ihr Zimmer ging. Konnte Sabine recht haben? Wenn dieser Zufall wirklich kein

Zufall gewesen war, dann würde Sabine wohl richtig liegen.

Im Moment wurde es Conny von dem Gedanken richtig schlecht. Sie sah sich selbst in zwanzig Jahren, wie die Tochter sie dasselbe fragte, was sie die ganzen Jahre die Mutter gefragt hatte. Die Nacht war wirklich sehr schön gewesen, aber jetzt war sie ja praktisch alleine. Den Mann würde sie nicht so schnell wiederfinden. Oder doch? Wenn sie an die Plätze ging, an denen sie mit ihm gewesen war? Der Weihnachtsmarkt, die Bar und das Hotel.

Vielleicht kannte ihn jemand. Aber sie hatte ja noch nicht mal ein Bild von ihm. Nur eine vage Beschreibung. Am ehesten konnte vielleicht das Hotel noch etwas sagen, wenn er die Anmeldung ausgefüllt hatte. Wenn! Und, wenn da nicht Max Mustermann drauf stand!

„Du siehst aus, als ob du was Stärkeres als Rotwein brauchen würdest!", sagte Sabine, die wieder in die Stube kam. „Lieber nicht, wenn ich wirklich schwanger sein sollte!" „Du willst es also behalten?" „Natürlich! Was für eine Frage!" „Ich meine ja nur!" Dabei zeigte Sabine auf die

Flaschen auf dem Tisch. „Den Wein lass ich erst mal. Zumindest bis der Test ausgewertet ist!" „Alles gut. Und wie sieht es mit einem Tee aus?" „Da sage ich nicht nein."

Zusammen gingen sie in die Küche und wenig später summte der Wasserkocher. „Und bei dir? Wie war deine Reha?", fragte Conny, um sich abzulenken. „Hundert Mal Sex auf Rezept!" „Du glückliche!" „Du hattest übrigens ein paar Mal bei mir angerufen. Was war den los?" „Dein Horst wollte unbedingt, dass du ihn zurückrufst!"

Sabine rührte in ihrem Tee und setzte ihr entgegen „Der hat es immer noch nicht begriffen! Ich war die ganze Zeit immer für ihn da. Wann immer er wollte, durfte ich für ihn die Beine breit machen. Aber wenn es mir mal dreckig ging, dann war ich alleine. Ich hatte keinen, bei dem ich mich anlehnen konnte. Der mich mal in den Arm nahm. Da war dann immer gerade was mit seiner Frau. Oder das Tischtennisturnier seines Sohnes!" Der Blick von Sabine war jetzt nicht mehr so glücklich, wie er ein paar Minuten zuvor noch gewesen war. Offensichtlich trauerte sie nun den vergangenen Jahren nach. So, wie es auch Conny gerade tat.

In all den Jahren hatte sie immer wieder gehofft, dass sie schwanger werden würde. Zum Glück hatte das nicht geklappt und sie hatten auch keine Haustiere, die Trennung wäre damit sonst etwas schwieriger geworden.

Mit belanglosen Gesprächen plätscherte der Abend dahin und keine wollte im Moment an die bevorstehende Inventur denken. Als Sabine danach in das Bad ging und eine Minute später zurück in die Stube kam, da hatte sie den rosafarbenen Dildo in der Hand. „Du hast ihn ja gar nicht benutzt!", sagte sie. „Ich hatte den Kopf nicht frei dafür!" „Glaube mir, der macht den Kopf frei! Für dich getestet! Jahrelang!" Dann warf sie ihr das Plastikteil zu und Conny fing es im Reflex auf.

Bevor sie noch etwas antworten konnte, war Sabine zurück in das Bad gegangen. Die Dusche war zu hören und Conny sah das rosa Ding in ihren Händen an.

19. Kapitel

Zukunftsgedanken

Völlig übermüdet schlurfte Sabine von ihrem Schlafzimmer zur Küche hinüber, um die Kaffeemaschine zu bestücken. Diese Nacht war grausam gewesen. Peter fehlte ihr so unendlich. Nur ein paar Tage und sie hielt es nicht mehr ohne ihn aus. Und nun kamen wieder diese seltsamen Arbeitszeiten im Krankenhaus. Er hatte es ihr auf der Heimfahrt erklärt. 36 Stunden arbeiten und danach 36 Stunden frei. Von den 36 Stunden waren 12 Stunden in der Mitte Bereitschaft, wo man nur hoffen konnte, dass da nicht gerade jemand mit einem Unfall oder einer akuten Verletzung in die Notaufnahme kam. Mit anderen Worten hieß das für sie, dass sie sich nur alle zwei Tage sehen konnten.

Während sie ihren Gedanken nachhing, kam eine freudestrahlende Conny im Nachthemd aus ihrem Zimmer und warf ihr den Dildo zu. „Du hattest recht, er macht den Kopf frei. Aber du musst ihn wieder aufladen!" „Der Akku reicht doch aber locker drei Stunden!" „Das hättest du mir ruhig vorher sagen können! Ich würde ihn gern Frank nennen. Bevor man sich fallen lassen kann, ist er fertig!"

„So schlimm?" „Beim dritten Mal ja! Es ist nicht so toll, wenn man denkt, noch eine Minute und der will nicht mehr! Die zwei Mal davor waren klasse!" „Dann stöpsele ich mal das Ladegerät an!" „Willst du zuerst in das Bad?" „Nein! Mach ruhig!" Pfeifend ging Conny den Flur entlang. Im ihr hinterher sehen dachte Sabine an das Gespräch, welches sie am Abend zuvor geführt hatten. Wollte sie später auch mal Kinder? Vielleicht mit Peter? Bisher hatte sie sich davor immer verwehrt. Sicherlich auch, weil ja der Richtige noch fern gewesen war. War Peter das nun? Wenn ja, dann konnte sie sich bei ihm ja auch die Spirale wieder entfernen lassen.

Die OP ging ihr wieder durch den Kopf. Das war alles damals so skurril gewesen. Alles mit örtlicher Betäubung und sie in dem Flatterhemd auf dem Behandlungsstuhl. Ein alter, müder Arzt, vielleicht gerade am Ende seiner Schicht, hatte sie behandelt. Mit ihrem jetzigen Wissen würde sie es wohl anders machen. Noch ein paar Tage danach hatte sie damals Schmerzen gehabt. Und jetzt noch einmal das Ganze? Am Abend würde sie wieder hier sitzen müssen und Peter konnte sie erst am nächsten Abend sehen! Aus dem Bad hörte sie die Dusche und gleichzeitig eine ziemlich falsch singende Conny. Das war wirklich kaum zu ertragen. Schon gleich gar nicht bei ihrer derzeitigen Gemütslage!

Ein Knopfdruck auf das Radio und die Musik übertönte das Lied der Freundin. Laute Rockmusik zum wach werden und ein starker Kaffee. Der lief gerade in die Glaskanne und würde sicher Tote erwecken können! Die Inventur fiel ihr wieder ein. „Mist!", stöhnte Sabine. Bleistifte zählen war nicht so amüsant, wie sich von Peter verwöhnen zu lassen. Ihr Blick fiel auf den Plastikpimmel. Der Akku war wirklich restlos leer, wie ein Druck auf den Schalter bewies! Conny hatte ihn sogar in der Nacht schon gereinigt. Vielleicht sollte sie ihn am Abend selbst benutzen.

Im Bademantel, mit einem Handtuch um den Kopf erschien Conny wieder in der Küche und mit ihrem Erscheinen erklang ein Technohit aus den Neunzigern. „Mach das weg! Da kriege ich solche seltsamen Bilder im Kopf!", stöhnte Conny, aber ihr Schmunzeln zeigte, dass sie das wohl nicht ernst meinte. „Ich hätte das nie von deiner Mutter gedacht!" „Tröste dich, ich auch nicht!" „Das muss wohl so eine Art von goldenem

Schuss gewesen sein!" „Zum Glück! Sonst würde es mich vielleicht nicht geben!" „Genau! Aber trotzdem! Der Kaffee ist durch und ich gehe erst mal unter die Dusche!", setzte Sabine hinzu, während Conny sich eine Tasse griff, den Kaffee eingoss und in das tiefschwarze Getränk sah. „Der ist aber stark!", stellte die Freundin fest. „Inventurkaffee!" „Erinnere mich nicht daran! Bis gerade eben war mein Tag noch super gewesen!"

Auch Sabine griff sich ein Tasse und schnupperte an dem Kaffee. „Da habe ich es wohl etwas übertrieben!" „Dir kann ja nichts passieren! Du hast ja einen Arzt an der Hand! Und noch gar nicht so viel erzählt!" „Ich wollte dich nicht damit ärgern, weil du doch gerade das mit Frank durchgemacht hast!" „Vergiss die Pfeife! Erzähle von deinem Doktor!" „Es war der Himmel. Er hat mich auf Händen getragen! Sogar nachdem ich wieder laufen konnte!" „So schön?" „Ja! Aber ich muss erst mal unter die Dusche! Die Uhr rennt!"

Und nun musste sich auch Sabine beeilen. Der eine Schluck Kaffee hatte aber ihren Herzschlag schon verdoppelt und die Müdigkeit verscheucht. Das warme Wasser unter der Dusche erinnerte sie an die vielen Male mit Peter! Zum

Glück war der Vibrator wasserdicht. Allerdings im Moment noch ohne Vibration!

Damit blieb nur Handbetrieb übrig, aber zusammen mit den Erinnerungen an die kleine Hütte am See reichte das aus, dass Sabine bereits wenige keuchende Atemzüge später japsend und mit zitternden Knien an der Rückwand der Duschkabine lehnte. Und genau in diesem Augenblick betrat Conny angezogen und mit dem Föhn in der Hand das Bad. „Ich sollte mir auch so ein Ding holen! Das ist ja, als würden wir uns denselben Freund teilen!"

Sabine brauchte einen Moment, bevor sie antworten konnte. „In der Straße, in der unsere Firma ist, da gibt es so einen Erotikladen!" Sie drehte die Dusche ab und griff sich das Handtuch. „Da sollte ich wohl in der Mittagspause mal einen Besuch dort machen!" „Und daneben ist auch gleich eine Apotheke!", setzte Sabine hinzu, säuberte ihren Freudenspender und blickte die Freundin an.

Conny nickte und es war deutlich zu sehen, dass sie schlucken musste. „Fünf Jahre habe ich mit Frank versucht, ein Kind zu empfangen.

Kann das wirklich passiert sein?" „Vielleicht habt ihr euch beide zu viel Druck gemacht?" „Höchstens ich! Rückblickend hat es Frank wohl nicht so ernst damit gemeint!" „Wer weiß, wofür es gut war!"

Nackt im Bad stehend, versuchte Sabine das Netzteil anzuschließen. „Gib her! Du hast doch nasse Hände! Du willst dich nur vor der Inventur drücken und zu deinem Arzt in das Krankenhaus kommen!", rief Conny, legte den Föhn zur Seite und entriss ihr das Netzteil nebst Dildo.

„Du Spielverderberin! Das hätte doch klappen können!", gab Sabine zurück und beide mussten lachen. „Nun aber schnell!", setzte die Freundin hinzu und schlug der quietschenden Sabine mit dem nassen Handtuch auf den nackten Hintern, dass es klatschte.

20. Kapitel

Test auf Test

---

*D*ie Türglocke des Ladens klang genauso, wie die aus der Bäckerei von Frau Müller. Aber der Inhalt des Ladens war ein anderer. Zusätzlich war das Geschäft dadurch gekennzeichnet, dass es in den Schaufenstern keine Werbung gab und diese bis fast oben hin aus Milchglas bestanden. Vermutlich hätten sonst die Jugendlichen mit roten Ohren ständig vor dem Laden gestanden.

Conny betrat den Verkaufsraum und die Atmosphäre war eher schummrig. Aber Neonröhren, mit ihrem grellen Schein, hätten hier sicher nur gestört. Bis auf die Verkäuferin war der Laden zu dieser mittäglichen Stunde menschenleer, was ihr sehr entgegenkam. Die Frau, die vermutlich im Alter von Connys Mutter war, kam auf sie zu und fragte „Weißt du schon, was du suchst, oder kann ich dir was empfehlen?" Vermutlich war Connys Blick ähnlich dem eines scheuen Rehs, denn die Frau sagte „Ich sehe schon! Schau dich einfach um und frage mich, wenn du was wissen willst!"

Und nun begann eine abenteuerliche Forschungsreise durch die Regale! Und was es hier alles gab! Creme, Öle, Dildos, Vibratoren und Dinge, von denen sie noch nie etwas gehört hatte. Was zum Teufel war eigentlich ein Dilator? Die sahen eher wie Plastikkorkenzieher aus.

Unzählige Artikel lagen hier und die Mittagspause war nur eine halbe Stunde lang! Damit würde wohl nichts umhin gehen, dass sie nun doch die Verkäuferin fragen musste. Conny blickte sich nach ihr um und die Frau rief „Ich komme!" Das klang im Moment so unpassend, dass Conny dabei schmunzeln musste. Einen Augenblick später war die Frau neben sie getreten und begann Fragen zu stellen, die Conny eigentlich aus dem Laden hätten hinaustreiben müssen.

Woher sollte sie wissen, wo sie am empfindlichsten war? Verzweifelt sah sie am Regal entlang. Hier gab es die verschiedensten Größen, Farben und Formen. Aber so einen, wie ihn Sabine hatte, den sah sie nicht. Vermutlich gab es diese Dinger schon lange nicht mehr, denn ihren hatte die Freundin ja schon mindestens zehn Jahre.

Die Verkäuferin musste ihre Ratlosigkeit wohl bemerkt haben, deshalb schränkte sie ihre Frage ein „Zum reinstecken oder zum dran halten?" „Reinstecken!" „Welche Größe?" „Ich etwa so lang?", zeigte Conny mit beiden Händen. „15 cm!", antwortete die Frau und ging am Regal entlang nach hinten von Conny neugierig gefolgt. „Nach der Farbe frage ich lieber nicht!", sagte die Verkäuferin augenzwinkernd und zog eine Schachtel aus einem Fach.

Gespannt sah Conny den bunt bedruckten Karton an. „Das ist unser neuestes Model!" „130 Euro?", entgegnete Conny erschrocken, als sie den Preis auf der Schachtel sah. Die Frau schob die Schachtel zurück und bückte sich. Ganz unten zog sie eine andere Packung hervor. „39,90 Euro. Unser Auslaufmodell!" „Na, wenn das nichts ist! Läuft das Gerät etwa aus?" „Nein! Du, bei richtigem Gebrauch!", erklärte die ältere Frau schmunzelnd.

Unschlüssig drehte Conny die Kiste in den Händen. „Kann ich den umtauschen, wenn er es nicht bringt?" „Na klar. Du bist ja nicht mit ihm verheiratet!", entgegnete die Verkäuferin und fragte „Sonst noch was Schönes?" Dabei zeigte sie zur Ecke, wo auch Dessous hingen. „Nein!

Mein Freund hat mich betrogen!" „Aha! Deshalb der hier?" „Ja!" „Da lege ich dir noch was zum Testen, und damit spielen, gratis dazu. Da kannst du dann selber schauen, ob das was für dich ist." Aus einem anderen Regal zog die Frau eine weitere bunte Schachtel.

Zusammen gingen sie zur Kasse. Die Frau packte alles in eine Tüte, die den verfänglichen Inhalt nicht verriet. „Die Bedienungsanleitung liegt mit drin. Beide Geräte sind schon geladen!" „Ich danke dir. Ich werde es heute Abend mal ausprobieren!" Conny nickte, zahlte und ging.

Nach ein paar Schritten sah sie das Schild der Apotheke und der andere Test, den sie heute noch machen wollte, fiel ihr wieder ein. Konnte man nach einer Woche da schon einen Test machen? Wer, wenn nicht die Apothekerin, konnte ihr diese Frage beantworten.

Sie betrat die Apotheke und sah sich um. Hinter dem Tresen stand allerdings ein Apotheker. Eigentlich ein hübscher Mann, trotzdem musste sie ihn nun fragen, auch, wenn ihr dies ein wenig peinlich war. „Einen Schwangerschaftstest, der sicher ist. Oder besser zwei. Kann man nach einer Woche schon einen machen?"

Der Mann zog zwei Verpackungen aus dem Regal hinter sich. „Etwa sieben Tage nach der Befruchtung, wenn sich das Ei in der Gebärmutterschleimhaut eingenistet hat, beginnt der Keimling mit der Produktion des Schwangerschaftshormons HCG. Und ab dem achten Tag nach der Empfängnis ist das Hormon dann auch im Urin der Schwangeren nachweisbar. Das Testergebnis fällt dabei mit einer Wahrscheinlichkeit von mehr wie 90 Prozent richtig aus", erklärte der Mann ziemlich kompetent, obwohl ein „Ja!" ihr einfach gereicht hätte. Damit war also heute genau der Tag, an welchem auch dieser Test funktionieren würde.

Conny zahlte die beiden Packungen, warf diese in den Beutel und musste nun rennen, um auf der Arbeit noch pünktlich vor dem Ende der Pause anzukommen.

Schnaufend erreichte sie das Büro genau in dem Moment, in welchem der große Zeiger der Uhr die Pause beendete. Sabine stand gerade von ihrem Stuhl auf, als Conny die Tüte in den

Schrank stellen wollte. „Und alles bekommen?"
„Ja! Alles dabei!" „Zeig mal!", sagte Sabine neugierig und schnappte sich den Papierbeutel.

Nun musste die Inventur noch ein paar Minuten warten. „He! Einen Satisfyer Pro 2$^+$! Den
wollte ich mir schon lange mal holen!" „Den habe ich geschenkt bekommen. Zum Testen!"
„Kann ich den heute Abend mal ausprobieren?"
„Na klar!" Sabine öffnete den Karton und das
goldgelbe Plastikteil plumpste auf den Schreibtisch. „Heute Abend! Nicht jetzt!", sagte Conny
und hängte den Mantel in den Schrank. „Schade!", entgegnete Sabine, lachte und schob den
Karton, samt Inhalt, zurück in den Beutel. „Und
den anderen Test?" „Den habe ich auch!" „Den
könntest du aber auch schon jetzt machen! In fünf
Minuten auf dem Klo!"

Kurz überlegte Conny, bevor sie den Kopf
schüttelte. Die Arbeit war im Moment wichtiger.
Mit dem ganzen Zählen des Inventars wollte sie
so schnell wie möglich fertig werden. „Mist!",
stöhnte Sabine und setzte fort „Dann hätte ich
auch einen Test gemacht!" Dabei zeigte sie auf
die Tüte und musste schmunzeln. „Erst die Arbeit, dann das Vergnügen!", entgegnete Conny

und beide mussten lachen. Doch nun ging die Arbeit weiter.

Die Klemmbretter mit den Listen in der Hand betraten sie das Lager und aus dem Radio der Arbeiter erklang „Hyper Hyper" von der Band Scooter. Wieder waren diese Bilder in ihrem Kopf. Vielleicht hatte in diesen fünf Minuten ihr Leben begonnen. Nach Aussage der Mutter konnte das durchaus sein. Bis vor ein paar Tagen hatte sie das Lied nicht weiter gestört, auch wenn es manchmal etwas nervig gewesen war. Doch nun verknüpfte ihr Gehirn die Melodie mit der Mutter, die mit hochgezogenem Rock auf einer Lautsprecherbox saß, während ein maskierter Mann sie vögelte!

Wie nun dieses Bild wieder loswerden? „Könnt ihr mal leiser machen?", fragte Sabine laut, die offensichtlich Connys flehenden Blick gesehen hatte. Die Musik verstummte.

21. Kapitel

Zwei Streifen

Ein langer und monotoner Arbeitstag näherte sich zäh seinem Ende. Sabine hasste diese Inventur regelrecht, aber es blieb ihr ja nun mal nichts anderes übrig, als alles sauber nachzuzählen und in die Listen einzutragen. Gab es etwas Stumpfsinnigeres als das hier? „173 Bleistifte", vermerkte sie auf der Liste. Von Conny vorgezählt und von ihr geprüft. Zehn Minuten Arbeitszeit von zwei Frauen für Bleistifte im Gesamtwert von zwei Euro und irgendwas. Es war frustrierend und auch Peter würde sie an diesem Abend nicht sehen können, da er ja im Krankenhaus Bereitschaft hatte.

Schon ein paar Mal hatte sie sich überlegt, sich einfach irgendetwas auf ihren Fuß fallen zu lassen, damit der Notarzt sie in die Arme des geliebten Mannes bringen würde, doch sie hatte den Gedanken jedes Mal wieder verworfen. Einziger Lichtblick war der Satisfyer, den sie am Abend ausgiebig auf seine Qualitäten hin testen würde. Natürlich nur, um es dann der Freundin zu berichten, die ihr ja das gute Teil leihweise überlassen hatte.

Und auch ein anderer Test stand am Abend noch aus, der sie aber weniger betraf, als die Freundin. Da Conny sich aber am Vormittag auf der Toilette grundlos übergeben hatte, hätte sie sich das Geld für diesen Test eigentlich sparen können. Noch deutlicher, als mit Morgenübelkeit, konnte ein Körper eigentlich nicht rufen „Hallo! Hier ist was im Busch!"

„235 Radiergummis!", sagte Conny deutlich genervt und Sabine wiederholte das Ergebnis, bevor sie es in die Liste eingetragen hatte. Auf das Nachzählen verzichtete sie in diesem Falle.

Endlos viele Zeilen in der Liste später sprangen die Zeiger der Uhr im Lagerraum schließlich auf 17:00 Uhr. „Feierabend!", rief Sabine und knallte das Klemmbrett samt Liste in das Regal hinein. Schluss bis zum nächsten Morgen. Zu zweit eilten sie in ihr Büro, wo sie sich schnell umzogen, die Tüte aufnahmen und zum Bus rannten. Beiden konnte es nun nicht schnell genug gehen, bis sie zu Hause sein würden, wenn auch aus unterschiedlichen Gründen. Wobei Sabines Grund der Eile sicher erfreulicher sein würde.

Kaum zu Hause angekommen, verzog sich Conny mit ihrem Test auf die Toilette, während Sabine die Beschreibung ihres Spielzeuges durchlas, aber die drei Tipps des Zettels waren schnell begriffen. Zwei Tasten und alles war klar. Das Gefühl in der Hand war schon mal sehr schön und auch die draußen auf dem Karton aufgedruckte „Orgasmusgarantie" war vielversprechend.

Es dauerte mehr als fünf Minuten, bevor Conny den Raum wieder betrat und sich auf das Sofa fallen ließ. „Und?", fragte Sabine. „Zwei Streifen!" „Jeweils? Oder auf beiden zusammen?" „Wenn du so willst, dann sind es Vier!" „Hab ich schon vermutet!" „So ein Mist!", stöhnte Conny und lehnte sich auf dem Sofa zurück. „Und du willst es immer noch behalten?" „Natürlich! Was für eine Frage. Ich muss nur den Vater finden. Hilfst du mir suchen?" „Wenn ich das kann? Wie sah er denn aus? Ein Bild hast du ja nicht."

Conny sah gequält aus. „Nein. Leider nicht. Groß, etwa 1,85 m. Schwarzhaarig, gutaussehend, zärtlich, sportlich, leidenschaftlich!" „Damit werden wir nicht weit kommen. Da gibt es sicher hunderte von Männern, auf die diese Beschreibung zutrifft. Zärtlich und leidenschaftlich vielleicht mal ausgeklammert, aber ich helfe dir bei der Suche. Nur nicht morgen Abend, da hat Peter seinen freien Abend!" „OK. Danke dir. Morgen werde ich versuchen, im Hotel etwas herauszufinden. Vielleicht hat er bei der Anmeldung nicht Max Maulwurf auf den Zettel geschrieben."

„Damit hätten wir das also geklärt. Ich gehe jetzt duschen und danach entschuldigst du mich bitte für den Rest des Abends!", sagte Sabine und ließ dabei den kleinen Freudenspender kurz brummen. Lächelnd erhob sie sich und stolzierte regelrecht aus dem Raum. Conny lachte und rief ihr „Viel Spaß!" hinterher.

Die ausgiebige Dusche unter den warmen Wasserstrahlen war Körperpflege, Entspannung und Vorbereitung auf den Test in einem. Die Vorfreude kribbelte schon in Sabines Unterleib und sie schob den Gedanken zur Seite, dass sie sich gerade, in Bezug auf ihre Freundin Conny, sehr eigennützig verhielt.

Wenig später huschte sie, nur in ein Handtuch gehüllt, zu ihrem Zimmer hinüber. Aus dem Augenwinkel hatte sie dabei gesehen, dass die

Freundin immer noch auf ihrem Platz auf dem Sofa saß. Sicherlich gingen ihr gerade viele Gedanken durch den Kopf, aber in Sabines Kopf war nur noch einer, und der war Goldfarben! Roségold, wenn man es genau nahm.

Zur Sicherheit lag ihr eigener Vibrator griffbereit und aufgeladen auf dem Nachttisch. Man konnte ja nie wissen! Aber nun zog sie den neuen Freudenspender aus seiner Verpackung.

Das war genau das, was ihr die lästigen Gedanken an die weiterhin zu absolvierende Inventur aus dem Kopf vögeln konnte, da Peter ja gerade nicht zur Hand war. Nackt, im Bett liegend, betrachtete sie das Gerät und fragte sich, ob sie die Stufe mit zwei oder vier Strichen wählen sollte. Zuerst wohl einmal die niedrigere.

Das Ergebnis bestätigte die Werbung nicht nur, nein, es übertraf sie um Längen! Es hatte nur wenige Augenblicke gedauert, dann warf sich Sabine stöhnend auf ihrem Bett hin und her. Das Ding machte sie nicht nur feucht, es machte sie nass. Und zwar so richtig! In einer Form, die sie nie zuvor gespürt hatte. Vielleicht tat der Gedanke an Peter und seine zärtlichen Berührungen sein

Übriges, aber das war echt der Hammer. Und das auf der niedrigsten Stufe!

Schnaufend versuchte sie zu Atem zu kommen und nur langsam ebbten die Wellen des gerade erlebten Höhepunktes wieder ab.

Im Aufsetzten sah sie, das sich auf dem Laken eine richtige feuchte Stelle gebildet hatte. Sollte sie das Bett neu beziehen? Oder dem Satisfyer eine zweite Chance geben? Keuchend entschied sie sich für das Zweite! Und sie beschloss, sich auch so ein Gerät zu besorgen. Oder dieses hier der Freundin abspenstig zu machen.

Ein zweites Mal liefen die Druckwellen durch ihren Körper und obwohl das kaum möglich sein konnte, kam sie diesmal sogar noch schneller. Erneut warf sie sich im Bett schnaufend, stöhnend und vor Lust keuchend umher. „Oh mein Gotte! Peter, ich liebe dich!", stieß sie aus, obwohl es im Moment gerade nicht Peter war, der ihr diese Lust brachte. Oder zumindest nur indirekt.

Zwei Streifen konnten solch eine Lust auslösen, oder, in Connys Fall, solch einen Kummer bringen. Es war nur eine Frage des zu verwendenden Gerätes.

Im Einschlafen rutschte ihr der Satisfyer aus der Hand und plumpste auf den Fußboden des Schlafzimmers. Nach diesem Erlebnis war es nicht verwunderlich, dass Peter in ihrem Traum in Roségold getaucht war. Sabine merkte selbst im Schlafen, wie sie lächelte.

22. Kapitel

Verzweifelte Suche

Es war ja irgendwie klar gewesen, das Conny mit ihrer Frage beim Hotel gnadenlos abgeblitzt war. Selbst ein paar Tränen hatten die Frau an der Rezeption nicht derart gestimmt, dass sie gegen die Datenschutzverordnung verstoßen hätte. Und da es noch früh am Abend und Sabine gerade anderweitig beschäftigt war, war Conny nun einfach mal auf dem Weg, um auf dem Weihnachtsmarkt und in den einschlägigen Bars nach dem Mann zu suchen.

Der Weg durch die abendliche Stadt mit ihrem Schmuck in der Adventszeit und die verschneite Straße machten ihre Füße langsam lahm. Doch die Gedanken an diese wundervolle Nacht und den Mann, der sie ihr beschert hatte, hielten sie trotzdem auf den Beinen. Sabines Bemerkung, dass es wohl hunderte Männer betreffen konnte, auf die Connys Beschreibung passte, war wohl zutreffend gewesen. Aber sie wollte eben nicht hunderte, sie wollte nur den einen!

Eine neue Bar. Die wievielte an diesem Abend? Conny hatte aufgehört, sie zu zählen. Eigentlich war es aussichtslos! In den paar Minuten, die sie jeweils darin gesucht hatte, hätte er in einer anderen oder auf dem Klo sein können. Sie wären sich da vermutlich nie begegnet! Oder wenn, dann nur durch Zufall!

Ihre schmerzenden Füße jedenfalls forderten jetzt erst mal eine kurze Verschnaufpause, daher hängte sie die Jacke an die Garderobe und setzte sich an einen der Tische. Die Bedienung kam fast sofort zu ihr, obwohl die Bar gut gefüllt war.

Ein paar Minuten später hatte Conny einen heißen Früchtetee, zum Hände daran wärmen, vor sich stehen und war vermutlich die einzige, die hier gerade etwas Antialkoholisches bestellt hatte. Zumindest hatte sie die hochgezogene Augenbraue der Bedienung so gedeutet.

Über den Rand der Tasse hinweg fixierte sie die Männer und ließ ihren Blick dabei von einem zum anderen wandern. Fünfundzwanzig Männer waren in dieser Bar, nur fünf davon mit einer Frau, aber keiner war dabei, der ihrem Suchbild auch nur annähernd entsprach. Was wäre, wenn er nur zu Besuch in der Stadt gewesen war? Vielleicht zu einer Messe oder zu einem Kongress? Dann konnte sie hier ewig suchen. War es dann eigentlich nicht besser, einfach einen anderen Mann zu suchen? Einen, bei dem die Chemie ähnlich gut stimmte? Aber war sie wirklich schon so verzweifelt?

Sabine war ja nicht zu Hause und damit hatte Conny sozusagen sturmfreie Bude, aber einfach irgendeinen Mann mitnehmen? Eventuell, denn schon alleine ihr Hiersein in dieser Bar zeugte doch von der Verzweiflung dieser Suche.

Im Laufe des Abends betraten viele Männer die Bar, andere gingen wieder und immer die Frage, ob er der nächste war, der durch diese Tür in den Raum trat. Aber nichts! Mit jeder nutzlosen Minute des Wartens kam Conny immer mehr zu der Erkenntnis, dass diese Suche nutzlos war. Dann eben ein anderer! Gespannt beobachtete Conny von ihrem Platz aus, nun schon mit dem dritten Tee in der Hand, wer da so an ihr vorüberzog.

Mal passte der Haarschnitt, mal die Größe und einmal sogar die Anzugsordnung, aber es war keiner dabei, wo wirklich alles stimmte. Sollte sie mit ihren Wünschen einfach zurückstecken und sich mit dem zweitbesten Mann zufriedengeben? Würde sie da nicht wieder, eventuell, so etwas wie Frank zurückbekommen? Und wollte sie das? Sie würde das Risiko eingehen müssen. „Wer nicht wagt…", sauste der alte Spruch der Mutter durch ihren Kopf.

Als sie sich die vierte Tasse bestellen wollte, wurde ein Mann auf sie aufmerksam, der an den Tisch trat und sie fragte, ob sie auch noch etwas anderes trinken wolle. Conny schüttelte den Kopf und betrachtete den Mann. Bis auf die Kleidung schien alles zu passen und die konnte man ja wechseln. Noch bevor sie etwas sagen konnte, fragte er, ob er sich zu ihr setzen konnte und hatte ihr einen neuen Tee bestellt. Auch er trank nun Tee und das machte sie ihm noch gewogener.

Etwas gepflegter Smalltalk begann und sie schienen auch dabei auf einer Wellenlänge zu sein. Ging da noch mehr? Noch ein One-Night-Stand? Zumindest konnte sie dabei nicht mehr schwanger werden, denn das war sie ja schon. Volles Risiko?

Zumindest hatte sie die Zeit, den Ort und mit dem Mann auch die Gelegenheit. Aber war sie wirklich so verzweifelt? Ein letzter prüfender Gedanke, bevor die Bestätigung durch ihren Kopf sauste. Und keine Minute später fragte er „Zu dir oder zu mir?" „Zu mir!", war ihre Antwort, bei der er schon ihre Jacke geholt hatte. Woher auch immer der Mann gewusst hatte, welche davon die ihre war.

Ganz der Gentlemen half er ihr auch noch in die Jacke hinein. Oder wollte er nur, dass es so schnell wie möglich ging? Ein leiser Zweifel schob sich in ihren Hinterkopf, wurde dort aber von ihr sofort wieder zum Schweigen gebracht. Was konnte schon geschehen? Außer grandiosen Sex zu haben? Oder miserablen, je nachdem!

Der kühle Nachtwind zog frostig um die Häuser und es ging schon auf die frühe Nacht zu, als sie endlich vor ihrem Wohnhaus, oder besser, dem von Sabine, angekommen waren. Unterwegs hatten sie ein paar flüchtige Küsse gewechselt, die nicht wirklich ihr Herz zum Klingen hatten bringen können. Und schon gleich gar nicht dafür gesorgt hatten, dass ihr Höschen nass wurde, wie es bei dem unbekannten Mann am ersten Advent gewesen war. Aber man konnte eben nicht alles haben, und frau auch nicht.

Vielleicht wurde es dennoch eine schöne Nacht? Von dem Mann in den dunklen Hauseingang gedrückt, wurden seine Küsse nun stürmischer und leidenschaftlicher. Allerdings schob sich seine Hand schon durch die aufgeknöpfte Jacke direkt zu ihrem BH! Und das war im Moment noch Tabuzone! Als seine kalten Finger ihre nackte Brust berührten, da zuckte sie nicht nur wegen der Kälte zusammen.

Entschlossen drückte sie den Mann von sich und sagte „Das geht mir zu schnell!" „Ja was denn nun?", fragte er sie fast trotzig, wie ein Kind, das sein Spielzeug nicht bekommen hatte. Aber sie war kein Spielzeug. Kein Püppchen!

Hastig zog sie den Schlüssel hervor, befreite sich aus seinen Armen, war schnell durch die Tür in den Hausflur geschlüpft und hörte nur ein gemurmeltes „Schlampe!" von draußen durch das Holz. So nötig hatte sie es noch nicht. An die Nippel gehen, wenn das Höschen noch trocken ist? Wer war sie denn?

Langsam, und frustriert, stieg sie über die Treppe zur Wohnung hinauf. Da blieb eben nur ihr „Spielzeug" für die Nacht übrig und am nächsten Abend würde sie dann, mit Sabine zusammen, auf eine neue Suche gehen. Doch sie würde nicht einen billigen Ersatz suchen, denn den hatte sie oben am Ladegerät hängen. Conny beschloss, nur nach dem Mann zu suchen, der ihr diesen stürmischen Adventsbeginn beschert hatte. Und der, welcher der Vater ihres ungeborenen Kindes war.

Als sie die Stube betrat, bat sie den kleinen Engel, der nun auf der Kommode stand, ihr noch in dieser Woche den geliebten Mann zu zeigen.

23. Kapitel

Freundschaft oder mehr?

Seit fast zwei Wochen war Andrea nun schon in dieser Unterkunft. Das Reden hatte so gut getan, aber sie durfte nicht hinaus. Saskia hatte es ihr geraten und sie war der Begründung gefolgt. Wer wusste schon, ob nicht Theo die Plätze absuchen würde, zu denen es sie zog. Noch einmal würde sie vor ihm vielleicht nicht flüchten können! Und dabei liebte sie die Adventszeit doch so sehr! Die Lichter, den Weihnachtsmarkt und den Duft von gebrannten Mandeln. Allerdings wusste das eben auch Theo!

Nur noch ein paar Tage bis zum dritten Advent. Das war die schlimmste Vorweihnachtszeit, die sie jemals erlebt hatte! In mancher Nacht hatte sie sich in den Schlaf geweint, aber seit einer Woche hatte sie nun keine Albträume mehr.

Etwas anderes war aber passiert. Saskia hatte es als Übersprunghandlung bezeichnet, doch Andrea konnte das nicht glauben, denn sie fühlte sich so sehr zu der anderen Frau hingezogen. Es schmerzte fast, wenn sie an den blonden Strubbelkopf von Saskia dachte. So, wie jetzt gerade wieder. Draußen war es dunkel. Sicher war es kurz nach Mitternacht und wieder kam der Schlaf nicht.

Andrea versuchte sich abzulenken und dachte an ihre Zimmernachbarin. Sie war am Vortag mit ihrem Baby hier ausgezogen. Freudestrahlend hatte sie berichtet, dass Saskia ihr eine Wohnung organisiert hatte. Klein, bequem und für sie bezahlbar. Auf diese Weise waren nun, mit Andrea, nur noch drei Bewohnerinnen in dieser Unterkunft. Und drei Betreuerinnen!

Damit war Saskia praktisch nur noch für sie da. Und wieder waren ihre Gedanken bei den blauen Augen der anderen Frau. Es war noch etwas passiert! Als sich Andrea so für Anett, ihre Nachbarin, gefreut hatte, da hatte sie Saskia einfach umarmen müssen und im Überschwang dieser Glücksgefühle hatte sie Saskia geküsst.

Die andere Frau war dabei nicht zurückgezuckt. Vielleicht war sie auch nur genauso überrascht gewesen, wie es Andrea in diesem Moment gewesen war. Aber jetzt musste sie an diesen Kuss denken und die Ablenkung war misslungen.

Jeder Gedanke in ihrem Kopf begann nun mit Saskia. Was sie angehabt hatte: wie immer die verwaschenen Jeans und das T-Shirt. Wie sie die Haare trug. Und wie weich ihre Lippen gewesen waren.

Konnte das noch Freundschaft sein? Oder war das mehr? Andrea wusste es nicht, aber hatte Saskia nicht am ersten Tag gesagt, dass sie ihr jederzeit helfen würde? Jederzeit alle Fragen beantworten würde? Galt das nun nur für Theo? Oder für wirklich jede Frage?

Und auch das war eine Frage, die sie Saskia stellen musste. Gleich morgen früh! Oder jetzt und sofort? Beinhaltete jederzeit nicht auch die Nacht?

Andrea rollte sich auf die Seite, griff sich den Teddy und schloss die Augen. Aber auch diesen kleinen Plüschbären hatte ihr Saskia geschenkt! Es war aussichtslos und als Andrea die Augen öffnete, da lachte sie der Leuchtknopf der Rufanlage an. Ein Druck darauf und die Frau würde vor ihrem Bett erscheinen. Ihr die Hand halten oder über die Wange streichen, wie sie es in der ersten Nacht getan hatte. Es war die reinste Qual und

Andreas Herz krampfte sich vor Verlangen zusammen. Langsam tasteten sich ihre Finger zum Knopf vor, aber was sollte sie sagen? Sich für den Kuss entschuldigen? Auch wenn es da gar nicht zu entschuldigen gab? Ihre Fingerspitzen berührten das Gehäuse. Noch zwei Zentimeter, noch einer! Es ging nicht! Sie konnte doch die Frau nicht einfach wecken! Und trotzdem musste sie den Knopf betätigen und lauschte anschließend erwartungsfroh nach draußen.

Waren da schon Schritte? Warum kam sie nicht? War sie vielleicht auf der Toilette und hatte den Ruf nicht gehört? Wo blieb sie nur? Sollte Andrea noch einmal auf den Knopf drücken?

Ein Lichtschein fiel zu ihr und leise öffnete sich die Tür. „Was ist?", fragte eine verschlafene Saskia, die sich mit einem Handrücken ein Auge rieb. „Ich möchte mich bei dir entschuldigen!" „Für was?", fragte die Frau, betrat den Raum und schloss die Tür. Andrea griff zum Schalter der Nachttischlampe und das gedimmte Licht flammte auf. Es tauchte die vor ihr stehende Frau in einen rötlichen Schein, der einfach nur göttlich war. Trotz ihres Schlabberlooks war Saskia im Moment wunderschön.

„Na für den Kuss!" „Da war doch nichts dabei!" Saskia trat näher und setzte sich auf die Bettkante.

Trotz des Winters trug die Frau nur kurze Shorts und ein viel zu großes, verwaschenes Shirt. Und nun saß sie direkt vor ihr! Mit einer fast mütterlichen Geste streichelte Saskia Andreas Wange. So, wie man vielleicht ein Kind zum wieder einschlafen bringen konnte. Mit dem Bären im Arm hatte Andrea wohl auch etwas Kindliches, aber in ihrem Inneren tobte es gerade gewaltig. Ihre Gedanken wurde nicht jugendfrei und wie von selbst legte sich ihre Hand auf Saskias nackten Oberschenkel. Ihre Haut war weich und warm. Und sie zuckte vor dieser Berührung nicht zurück.

Immer noch streichelte sie Andreas Wange. „Du hast ja jetzt nur noch mich zu betreuen! Kannst du dich da nicht zu mir legen?" „Ich bin doch aber deine Betreuerin!" „Und meine Freundin? Oder?" „Eigentlich darf ich das nicht. Aber na gut! Ein paar Minuten!" Andrea legte den Bären zur Lampe, hob die Decke an und Saskia schlüpfte darunter. Mit ihrem Rücken an Andreas Bauch lagen sie nun nebeneinander und Andreas Herzschlag schien durch diese Nähe zu rasen.

Saskia schaltete das Licht aus und Andrea rutschte noch ein Stück näher. Praktisch drückte sie gerade ihre Brüste in Saskias Rücken, aber das Gefühl war wunderschön. Und die andere Frau blieb liegen. Sie hätte ja leicht nach vorn ausweichen können, denn da war noch mindestens ein Meter Platz bis zur Bettkante.

Angespornt durch diese Erkenntnis schob Andrea ihren Arm um Saskias Hüfte und ihre Hand lag kurz darauf auf dem Bündchen der Shorts. Auch das schien Saskia nicht zu stören. Wie weit konnte Andrea gehen, bis die andere Frau ihr Einhalt gebieten würde? Einen Moment später ruhte ihre Hand auf Saskias nacktem Bauch unterhalb ihres Nabels. „Ich bin deine Betreuerin!", sagte sie leise, doch sie blieb liegen und Andrea konnte spüren, wie Saskia schneller atmete.

„Dann entbinde ich dich hiermit von deinem Betreuungsauftrag. Ich brauche keine Betreuung mehr! Ich brauche eine Freundin! Ich brauche nur dich!", hauchte Andrea in das Ohr der anderen Frau. In Gedanken setzte ihr Kopf hinzu „Ich liebe dich!", aber ihr Mund wollte dies noch nicht aussprechen. Tief in sich fühlte Andrea es aber schon. Was war hier los?

Göttlich weich war die Haut auf Saskias Bauch. Ihrer beider Herzschlag glich sich an und es schien so, als ob sie um die Wette jagen wollten. Hatte die andere Frau ähnliche Gefühle? Das Stöhnen von Saskia war wohl Antwort genug. Ein neuer Versuch, die Hand rutschte, wie aus Versehen, nach unten, schob sich dabei aber unter den Hosenbund.

Mit dem Duft von Saskias Haaren in der Nase, der ihr fast den Verstand raubte, glitt Andreas Hand weiter auf Saskias weicher Haut nach unten und berührte die Haare auf dem Schoß der anderen Frau. Hatte sie zuvor noch den Rufknopf gesucht, um sich für den Kuss zu entschuldigt, so ging das hier nun viel weiter. In der Dunkelheit konnte sie hören, wie Saskia stoßweise atmete.

Weiter tasteten sich ihre Finger voran und suchten nun einen anderen Knopf! Langsam glitten sie zwischen Saskias Schenkel, die diese leicht für sie geöffnet hatte, und berührten die Nässe ihrer Vulva. Nun gab es kein Halten mehr für Andrea und ihr Zeigefinger glitt in Saskias Leib.

Japsend drückte sich die andere Frau ihr entgegen und zuckte gleichzeitig zusammen. „Nein!", und „Mehr!" rief Saskias Leib gleichzeitig, aber Andrea war schon viel zu weit gegangen. Ein letzter Zweifel wurde von Saskia fort gestöhnt. Reibend und streichelnd trieb Andrea Saskia voran und deren Keuchen war nun unüberhörbar.

Es dauerte nicht lange und Saskia drückte sich ihr stöhnend noch weiter entgegen. Sie biss sich in die Hand, aber ihr Lustschrei war trotzdem deutlich zu hören, als sie zum Höhepunkt kam.

Schließlich drehte sie sich um, küsste Andrea und flüsterte leise „Jetzt du!" Wobei ihre Hand auf Andreas Brust ruhte. Sicherlich deutlich fühlbar war Andreas Lust unter Saskias Fingerspitzen, bevor sie sich schnell das Nachthemd über den Kopf zog. Die streichelnden Berührungen von Saskia lösten einen Höhepunkt in ihr aus, da hatte Saskia noch nicht mal Andreas Slip berührt. Keuchend lagen sie sich in den Armen. Das war vollkommenes Glück! Liebe? Vielleicht!

24. Kapitel

Schockierende Erkenntnis

Drei Abende der ergebnislosen Suche! Zwei davon mit Sabine, aber es war nicht wirklich auch nur Ansatzweise etwas dabei, was die Schmetterlinge in Connys Bauch aus dem Winterschlaf erwecken konnte, geschweige denn, dass sie den gesuchten Mann gefunden hatten. Es war schier zum Verzweifeln. Jeden Abend von Arbeitsende bis Mitternacht unterwegs und nichts! Höchstens so eine Pfeife, wie der seltsame Mann, der ihr am Dienstagabend auf der Straße unter den Mantel gegriffen hatte. Bei diesem Gedanken schüttelte es sie immer noch.

Und nun war Freitag! Der einzig Positive Aspekt daran war, dass diese Inventur endlich abgeschlossen war und sich damit die ganze Belegschaft der Firma bis Anfang Januar im wohlverdienten Winterurlaub befand. Dabei kam allerdings auch schon wieder dieser Stich in ihr Herz, denn in diesem Urlaub hatte sie eigentlich mit Frank, Franziska und Bertram zum Skifahren in eine Hütte in den Bergen gewollt. Ein ganzes Jahr hatte sich Conny darauf gefreut, aber nun konnten die drei ja alleine dorthin fahren. Zwei Männer, die sich eine Frau teilten. So, wie den Rest des Jahres auch! Und was sollte sie tun?

Freitag und Beginn des Wochenendes! Am Abend wollte Sabine wieder zu ihrem Freund und damit hatte Conny die Wohnung abermals für sich, aber dieses Mal würde sie die sturmfreie Bude nicht ausnutzen, um hier einen Mann herzubringen, sondern sie wollte mit einem Buch und etwas Tee auf dem Sofa über die vergangenen Tage nicht nachdenken. Einfach mal alles vergessen! Und wenn das nicht half, so hing der Vibrator schon seit ein paar Stunden am Ladegerät und würde die nutzlosen Gedanken verscheuchen.

Das hatte bisher jede Nacht funktioniert, auch, wenn Conny dabei jeden Morgen ziemlich verschlafen aus ihrem Bett gekommen war. Müde, aber entspannt! Das andere Ding hatte sie Sabine geschenkt, die sich über das vorfristige Weihnachtsgeschenk wie ein kleines Kind gefreut hatte.

Gerade kam Sabine nackt aus ihrem Zimmer und ging tiefenentspannt zur Dusche hinüber.

Den goldfarbenen Vibrator dabei, sichtbar benutzt, in ihrer Hand. „Du hast es ja nötig! Gehst du nicht heute Abend sowieso zu deinem Freund?" „Ja! Aber so kann ich das viel mehr genießen! Zwei Nächte habe ich ihn nicht gehabt. Meinen Freund meine ich!", entgegnete Sabine und ließ eine Reihe schneeweißer Zähne aufblitzen. Die hatte sie in der letzten Nacht mit irgend so einem Mittel gebleicht und es war erstaunlich, was das bewirkt hatte. Die Badtür fiel zu und Conny hörte das laute Singen der Freundin aus dem Bad. Trotz geschlossener Badezimmertür und laufendem Wasser!

Conny trat zu der Kommode, auf der dieser kleine Engel stand. „Hatte ich dich nicht eigentlich gebeten, mir in dieser Woche den Mann zu zeigen?", fragte sie seufzend und hob die kleine Figur aus Porzellan an. In diesem Moment begann Sabines Handy einen komischen Schlager zu dudeln. Das war so ein schrecklicher Klingelton, der sie immer wieder nervte. Conny stellte den Engel zurück und nahm das Telefon in die Hand, um es Sabine in das Bad zu bringen. Doch da stutzte sie.

Auf dem Display des Telefons stand der Name „Peter" und das Bild zeigte Sabine, wie sie den Mann küsste, den Conny schon so viele Tage vergeblich gesucht hatte. Kein Zweifel! Peter war der Gesuchte. Und er war Sabines Freund. Fast wäre Conny das Telefon ziemlich unsanft mit Schwung gegen die Wand gefallen, aber sie konnte sich gerade noch so beherrschen. Nur Betrüger rund um sie herum! Hier musste sie fort! Das Telefon landete neben dem Engel, der ein bös gemeintes „Dankeschön!" erhielt, dann rannte Conny in ihr Zimmer und packte zornig schnell ein paar Sachen in ihre Tasche.

Fünf Minuten später schlug die Wohnungstür hinter ihr zu. Und wohin nun? Erst mal fort von hier! Wie unter Schock lief Conny durch den beginnenden Abend. Sie achtete nicht darauf, wohin sie lief und ihre Gedanken kreisten nur um den einen Punkt: Sie war umgeben von Betrügern!

Zuerst Frank, dann Franziska, danach Peter und Sabine! Das war eindeutig zu viel!

Dies hier war nun wirklich nicht ihr Jahr! Das von Frank und Sabine wohl eher. „Und wo bleibe ich?", brüllte sie zum dämmrigen Abendhimmel hinauf und kassierte dafür ein paar seltsame Blicke der Passanten. Traurig schaute sie sich um.

Wo war sie hier überhaupt? Irgendwo am Markt! Ganz in der Nähe des Platzes, an dem sie Peter das erste Mal getroffen hatte und wo der nun sicherlich auf Sabine wartete.

Die Suche war von Anfang an zum Scheitern verurteilt gewesen! Wenn Sabine Zeit für die Suche hatte, da war Peter im Krankenhaus. Und wenn sie alleine gesucht hatte, da hatte Peter wohl gerade Sabine das Hirn heraus gevögelt, denn mit einem einzigen klaren Gedanken hätte Sabine doch einfach nur die Beschreibung von Conny mit Peter vergleichen müssen!

Conny wendete sich vom Markt ab und sah vor sich die blinkende Leuchtschrift „Willkommen" und „Café" und da es in der Dämmerung schon empfindlich kühl wurde, wollte sie wenigstens etwas Warmes zu sich nehmen, um über die Gesamtsituation nachzudenken! Die Umhängetasche schlug ihr bei jedem Schritt schwer gegen die Hüfte. Bis gerade eben hatte der seelische Schmerz wohl den körperlichen verdrängt.

Schnaufend erreichte Conny die wärmende Stube des kleinen Lokals und ließ sich auf eine Eckbank fallen. Tränen des Zorns liefen heiß über ihre Wangen. Die Bedienung kam zum Tisch und brachte ein Päckchen Taschentücher mit. „Was ist denn los?" „Alles nur Lügner!" „Was möchtest du?" „Erst mal einen Kaffee und später ein Bett, mit einem Dach darüber, für die Nacht!", entgegnete Conny und schnaubte in das Taschentuch.

„Danke dir", seufzte sie. „Nicht für die Tücher! Den Kaffee bringe ich dir und vielleicht findest du hier eine Bleibe für eine Weile!", sagte die Frau und schob eine gelbe Visitenkarte über den Tisch.

„Frauenhaus / Notunterkunft für Frauen" stand auf der Karte und darunter eine Handynummer. Ein Frauenhaus? Warum eigentlich nicht? Für eine Nacht und dann konnte sie ja sehen, wo sie blieb. Der Minusbetrag auf ihrer EC Karte fiel ihr wieder ein. Seufzend wählte sie, während der Kaffee vor ihr abgestellt wurde. „Der geht aufs Haus! Ich bin Rebekka!", sagte die Bedienung freundlich.

Das Telefon tutete und Conny nickte Rebekka dankbar zu. „Hallo! Du sprichst mit Saskia. Wie kann ich dir helfen?", meldete sich eine freundliche Stimme. „Ich weiß nicht, wo ich heute Nacht schlafen kann!" „Wo bist du?" „Bei Rebekka im Café am Markt!" „Ich weiß, wo das ist. Bleib dort, trinke noch einen Kaffee. Ich komme dich abholen!" „Danke dir!", antwortete Conny und seufzte erleichtert auf.

„Möchtest du noch was? Was zu essen?", fragte Rebekka. „Ich habe aber kaum noch Geld!" „Macht nichts! Frauen müssen sich doch helfen! Vielleicht eine Zimtschnecke?" „Die treibt es gerade mit meinem Freund!", entgegnete Conny und schnaubte in das nächste Taschentuch.

Rebekka strich ihr tröstend über die Wange und plötzlich mussten beide lachen. „Also keine Zimtschnecke! Was sonst? Ein Würstchen?", fragte Rebekka und setzte lächelnd hinzu „Da kannst du deinen Frust so richtig rauslassen!" „Dann doch lieber die Schnecke!", sagte Conny und Rebekka nickte ihr zu.

25. Kapitel

Neue Nacht, neues Glück? (CW)

$\mathcal{U}$nter der Dusche stehend dachte Andrea an die vergangene Nacht zurück. Gerade ging es wieder auf den Abend zu, wie das dunkler werdende Fenster bewies. Eine neue Nacht kam und Andrea fragte sich, ob sich die vorangegangene wiederholen konnte? Schon alleine bei dieser Vorstellung begann Andreas Herz schneller zu schlagen. Das warme Wasser von oben fühlte sich fast so an, wie Saskias warme Hände, die in dieser Nacht ihren Körper gestreichelt hatten. Sie hatten sich geliebt und waren nebeneinander eingeschlafen, doch am Morgen war Andrea alleine aufgewacht.

Erst zum Frühstück hatte sie Saskia dann wiedergesehen, aber da waren die anderen Betreuerinnen und Bewohnerinnen ebenfalls in der Küche gewesen und sie wollte die andere Frau vor ihren Kolleginnen nicht kompromittieren. So war es eben nur bei Blicken geblieben.

Und auch am Tag war Saskia nicht bei ihr gewesen. Ging sie ihr vielleicht aus dem Weg?

Angst vertrieb die Freude. Wo war der Rufknopf? In ihrem Zimmer! War Andrea zu weit gegangen? Allerdings hätte Saskia in der Nacht auch jederzeit Stopp sagen können. Und die Freundin, zu der Saskia nun geworden war, hatte sie ja genauso verwöhnt, wie Andrea die andere Frau zuvor.

Die Erinnerung an diese heißen Küsse in der Dunkelheit holte das Glück zurück. Andrea seifte sich ein und das eigene Streicheln brachte ihr erneut die Gänsehaut dieser Nacht. Das Duschgel duftete so herrlich. Saskia hatte es ihr am Tag zuvor mitgebracht. Praktisch war alles, was sie noch besaß, von Saskia organisiert worden. Und bei dem Gedanken an die andere Frau beschleunigte sich ihr Herzschlag auch schon wieder. In diesem Hause hatte sie Hilfe gesucht und Liebe gefunden!

Andrea zog den Duschkopf aus der Halterung und spülte sich den Schaum vom Körper. Das Prickeln der aus nächster Nähe auf ihre Haut treffenden Wasserstrahlen steigerte nur noch ihre Erregung. Schnaufend suchte sie nun Erlösung. Immer weiter nach unten glitt ihre Hand, dann zog sie mit zwei Fingern ihre Vulva auseinander und der Strahl traf ihr innerstes an der Stelle, die auch Saskias Finger in der Nacht so intensiv verwöhnt hatten.

Sekunden später lehnte sie stöhnend an der gefliesten Wand des Badezimmers und die Wellen des Höhepunktes brachen über ihr zusammen. „Oh Saskia!", japste sie und rang nach Atem.

Nachdem ihr innerstes einigermaßen zur Ruhe gekommen war, stellte sie das Wasser ab und im selben Moment öffnete sich die Tür. Saskia betrat den Raum, allerdings brachte sie eine andere Frau mit. „Oh, entschuldige. Das ist das Bad!", erklärte sie und setzte hinzu „Andrea, das ist Conny. Conny, Andrea!"

Es war nicht ganz so einfach, sich von der Wand zu lösen, während die Knie vom gerade erlebten Höhepunkt noch zitterten. Nackt gab sie schließlich der anderen Frau die Hand und schlang sich anschließend ein Handtuch um den Körper. Saskia wendete sich zum Gehen, als Andrea fragte „Saskia, kann ich dann noch mal mit dir reden?"

Die Frau wendete sich zurück und der Blick ihrer blauen Augen traf ihr immer noch bewegtes inneres. „Ich zeige Conny nur ihr Zimmer, dann komme ich!"

War das schon eine Aussage? Zumindest ließ die Vorfreude auf dieses Treffen Andrea nun strahlen, wie ein Blick in den Spiegel bewies. Sich abtrocknend sah sie auf die geschlossene Tür, aber Saskia kam nicht noch einmal zu ihr herein. Ein paar Minuten später lag sie in ihrem Zimmer, nackt im Bett unter der Decke, in der sehnsüchtigen Erwartung auf das Eintreffen der Freundin.

Es dauerte aber immer noch ganz schön lang und Andrea war fast versucht, schon wieder den Rufknopf zu betätigen, als endlich die Tür aufschwang und Saskia zu ihr an das Bett trat. Wie in der Nacht setzte sie sich auf die Bettkante. „Das gestern Nacht war wirklich wunderschön", begann sie. Da war ein Aber herauszuhören, daher entgegnete Andrea „Ich weiß, dass du meine Betreuerin warst. Mir geht es, dank dir, gut, lass uns doch jetzt Freundinnen sein!"

Saskia nickte, beugte sich zu ihr herab und Andrea richtete sich auf, um ihr auf halbem Weg entgegenzukommen. Dabei rutschte die Bettdecke von ihrem Körper.

„Wie schön du bist!", flüsterte Saskia, bevor sie sich küssten. Andreas Finger befreiten nun auch Saskia von ihrer Kleidung. Sie enthüllte damit einen schmalen, fast jungenhaften Körper mit kleinen Brüsten. In der Nacht hatten sie sich im Dunkeln geliebt und auch jetzt schien Saskia schnell das Licht löschen zu wollen, doch Andrea verhinderte das, denn sie wollte die Freundin ansehen.

Fast schüchtern legte sich Saskia zu ihr. Die selbstbewusste Psychologin war nackt nicht wirklich sehr selbstsicher. Ohne ihren Schutz als Betreuerin war sie nur ein verletzlicher Mensch. „Auch du bist wunderschön!", stöhnte Andrea erregt und zog die Decke fort, unter der sich Saskia nun verstecken wollte.

Streichelnd glitten ihre Hände über den Körper der anderen Frau. Wie in der Nacht wurde deren Atmung nun wieder schneller und als Andreas Gesicht zwischen ihren Schenkeln verschwand, bäumte sich Saskia auf. Nach wenigen Sekunden war sie gekommen und beide Frauen lagen sich in den Armen.

„Das war wundervoll!", schnaufte Saskia. „So schnell, wie du gekommen bist, hast du vermutlich nicht oft Sex? Oder?" „Mit dir letzte Nacht und davor viele Jahre nicht!" „Wegen der Sache damals? Du hattest mir erzählt, dass dir ähnliches wie mir passiert ist!" „Ja! Vielleicht deswegen!" „Wenn du möchtest, dann rede darüber! Ich bin eine gute Zuhörerin!", sagte Andrea, zog die Decke über sie beide und schmiegte sich an Saskias Brust. Das fühlte sich so gut an.

Es dauerte eine Weile, bis Saskia leise zu erzählen begann. „Es war auf der Feier zu meinem sechzehnten Geburtstag. Ich hatte das Haus von meinen Eltern für ein Wochenende für mich und meine Party! Alle meine Schulfreunde hatte ich eingeladen. Und auch Niklas." Sie stockte bei dem Namen und suchte nach den Worten.

„Er war Sportler und mein heimlicher Schwarm. Er saß in der Schule drei Bankreihen hinter mir und oft habe ich mir vorgestellt, er würde zu mir sehen. Aber ich war ihm wohl zu flach!" Saskia musste schlucken und Andrea zog ihre Hand von der Brust zu Saskias Bauch. „Die Party begann und er erschien ebenfalls. Die Musik war laut, alle tanzten und hatten Spaß. Dann wollte ich ihm mein Zimmer zeigen." Die Stimme schien zu versagen und Andrea streichelte Saskias Arm, aber sie sagte nichts, um die Freundin nicht zu unterbrechen, die in ihrem Schmerz nun wohl wieder dort war.

„Dann hat er mich auf das Bett gedrückt, gesagt, dass ich mich nicht so anstellen solle und mir den Slip von den Beinen gezogen! Mein Nein hat er ignoriert und hat mich auch nicht aufstehen lassen!" Saskia schluchzte und setzte fort.

„Er war stark und er hielt mich fest! Nicht mal die Hose hat er sich ausgezogen, da hätte ich vielleicht verschwinden können! Dann hat er zugestoßen. Mein Betteln und Schreien hat ihn wohl auch noch angemacht. Schließlich war er fertig und ist gegangen. Ich habe mich benutzt und beschmutzt gefühlt und erst einem Monat später alles meiner Mutter gesagt. Dann kam der Prozess: Ich hatte keine Zeugen, keine Beweise und sein Wort stand gegen meines. Der Richter hat mir nicht geglaubt, dass ich es nicht gewollt hatte. Niklas bekam Sozialstunden, aber auch nur, weil er mich vor Gericht eine Schlampe genannt hatte!" Nun weinte Saskia leise und Andrea begann sie zu trösten und zu umarmen.

Schluchzend lag die sonst so starke Frau in ihrem Arm. „Das ist nun mehr wie fünfzehn Jahre her, aber es schmerzt immer noch!", setzte Saskia schniefend hinzu. Sich gegenseitig haltend blieben sie im Bett. Sie trösteten, küssten und streichelten sich. Die gegenseitige Nähe half ihnen beiden weiter. „Ich liebe dich!", hauchte Andrea.

26. Kapitel

Kein Vergleich!

*L*aut und falsch singend stand Sabine unter der Dusche und freute sich auf das bevorstehende Treffen mit Peter. Der zuvor erlebte Orgasmus hatte sie so herrlich entspannt. Schmunzelnd musste sie daran denken, dass man ja selten geil zu einem Date gehen sollte. Das hatte sie früher schon gewusst, als sie als Teenager auf Partys gegangen war, denn da fing man nur irgendeinen Mann ein, den man nicht wirklich haben wollte. Aber Peter wollte sie und durch diese sanfte Massage konnte sie das Zusammensein mit dem Freund viel mehr genießen. Sie hoffte, dass auch Peter es ihr gleich getan hatte, denn sonst würde sein erster Ansturm, nach zwei Tagen Enthaltsamkeit, ziemlich stürmisch und kurz werden.

Allerdings würde sie in diesem Falle dann schnell dafür sorgen, dass die weiteren Runden in Peters Bett für sie beide ein Vergnügen werden würden. Schon alleine bei dem Gedanken an den grandiosen Sex mit Peter spürte sie, wie sich ihr Schoß öffnete. Sie wollte es! Sabine brauchte es!

Dieses Schnaufen, kurz bevor Peter immer seinen Samen in sie spritzte! Der Glanz in seinen Augen, wenn er danach neben sie fiel. Nur, um sie kurz danach wieder streichelnd auf den nächsten Ansturm vorzubereiten. Dieser Genuss war das einzige, was sie an diesem goldfarbenen Freudenspender vermisste, der sie so sensibel für den Mann machte. Und am nächsten Tag konnten sie auch noch bis nach dem Mittag mit ihm im Bett bleiben.

Da war jeder Akku eines Vibrators, und sei es ein noch so teures Stück, schon längst am Ende seiner Kapazität gewesen. Die große Regendusche schickte mit ihren warmen Wasserstrahlen schon wieder Schauer der Vorfreude durch Sabines Körper. Sie liebte diese Luxusdusche! Horst hatte sie ihr zum letzten Weihnachtsfest geschenkt. Das war so ziemlich das einzig brauchbare, was sie von ihrem Exfreund jemals bekommen hatte. Und ohne die vorhergehende Entspannung würde sie sicherlich nun schon mit der Handbrause auf dem Boden der Duschkabine hocken und versuchen, die Spannung fort zu massieren.

Sabine drehte das Wasser ab, rubbelte sich mit dem Handtuch trocken und überlegte dabei schon, was sie anziehen sollte. Mit dem Föhn vor dem Spiegel setzte sie den Schlager fort.

Als Sabine die Dusche verließ, war Conny gegangen. Nirgendwo konnte sie die Freundin sehen, obwohl alle Zimmertüren offen standen. Vielleicht hatte sie sich ja doch noch entschlossen, die Suche alleine fortzusetzen.

Das Handy blinkte im Flur auf der Kommode. Es war ein Anruf von Peter. Schnell rief sie zurück. War ihm etwa was dazwischengekommen? Dass durfte nicht sein! „Wir treffen uns auf dem Weihnachtsmarkt, an der großen Pyramide!", sagte er und ihr blieb nur das „OK", bevor er auflegte.

Weihnachtsmarkt? Da war es kalt. -15 °C, wie das Handy mit einem Blick auf das Display verriet. „Was anziehen?", fragte Sabine ihren offen stehenden Kleiderschrank. Rock oder Hose? Was hatte Peter vor? Auf dem Weihnachtsmarkt aus der Hose zu müssen, das wäre irgendwie umständlich und daher kam der warme, knielange Rock auf das Bett. Nächstes Kleidungsstück! Ein paar halterlose Strümpfe in der Winteredition. Nächste Frage: Slip, oder nicht? Den

Slip konnte sie sich ja schnell von den Beinen streifen, ohne wäre es sicher zu kalt!

Eine halbe Stunde später eilte sie, in eine dicke Jacke gehüllt, die Straße hinab, um zum Weihnachtsmarkt zu kommen. Die halbhohen Stiefel rutschten manchmal mit ihren Absätzen im Schneematsch und daher musste sie ihr Tempo drosseln, wenn sie unbeschadet zu Peter kommen wollte. Im Moment war er ja nicht in der Notaufnahme!

Die Lichter der Leuchtgirlande zeigten ihr den Weg und ein Schlager dudelte, der mit jedem Schritt lauter wurde. Seltsamerweise war es genau jener Schlager, den sie zuvor unter der Dusche gesungen hatte. Wenn das mal kein gutes Omen war! Sabine musste schmunzeln. Trotz der Kälte heizte die Vorfreude ihren Körper so schön auf.

Der Markt war erreicht, aber wo war diese Pyramide? Sabine ließ ihren Blick über die Menschenmenge gleiten. Links ragte ein leuchtendes Dreieck aus der Menge heraus. Suchend durchforschten ihre Augen die Gesichter, aber in diesem Gewimmel konnte man ja niemanden finden!

Warum hatte Peter sie nicht einfach bei ihrer Wohnung abgeholt? Sollte sie ihn anrufen? Forschend schob sie sich über den Marktplatz. Wo war er? Drangvolle Enge war hier und ohne anrempeln kam man kaum einen Meter voran. Noch ein paar Schritte bis zur Pyramide. „Hier!", rief eine Stimme von links.

Sabine flog in Peters Arme und er hob sie zum Kuss an. „He! Lass mich wieder runter!", sagte sie nach einer Weile, weil er sie einfach weiterhin über dem Boden festhielt. „Wirklich?", fragte er und sie schüttelte den Kopf.

Ein neuer Kuss folgte, denn dafür hatte sie genau die richtige Höhe. Und dieser Kuss jagte nun Wellen der Lust durch ihren Körper, die kein Satisfyer erzeugen konnte. Mitten auf dem Weihnachtsmarkt bekam Sabine ihren nächsten Höhepunkt und schrie diesen mit ihrem Kuss in Peters Mund. Nur der dröhnende Lautsprecher neben ihr, der gerade mit einem neuen Schlager begann, verhinderte den Eklat. Zitternd hing sie in seinen Armen. Was war denn das gewesen?

Als Peter sie wieder zu Boden gleiten ließ konnte sie auch seine Vorfreude spüren. Damit würden sie wohl kaum bis zu seiner Wohnung kommen. Schnell sah sie sich um und sagte „Hinter die Bratwurstbude!" Gerade laut genug, das nur er es hören konnte.

Zehn Schritte waren es bis dorthin und ihre Füße berührten auf dieser Strecke nur zwei Mal den Boden des Marktplatzes. Kurz darauf verschwanden sie in dem kaum einen Meter breiten Spalt hinter der Bretterbude. Den Rock hoch und den Slip herunter streifen, das war fast eine Bewegung und schon lehnte sie mit dem Rücken an der Häuserwand.

Während Peter sie leidenschaftlich küsste, und ihre Zungen sich berührten, befreiten ihre Finger das aus seiner Hose, was steif und hart auf eine Vereinigung wartete. Das war heißer, als jede Bratwurst, die gerade zwei Meter von ihnen entfernt an die Besucher verkauft wurde.

Der Mann packte ihren linken Oberschenkel, zog ihn herauf und drängte in sie. Stöhnend erwartete sie seinen ersten Ansturm.

Dröhnend klang ein Schlager über den Markt und Peter nagelte sie stürmisch im Takt der Musik gegen die Wand des Hauses. Schon konnte sie es spüren, dass bald wieder dieser Glanz in seine Augen treten würde. Sabine veränderte den Winkel ihres Unterleibes, was Peter ihr stöhnend quittierte. Dann hielt er inne und keuchte ihr glücklich ins Ohr.

Das konnte kein Vibrator! Kein Vergleich! Zumal in der Kälte auch jeder Akku schlapp machen würde. Peter jedoch nicht, er blieb hart in ihr für eine zweite Runde! Lüstern schloss Sabine die Augen. Das war der Himmel! Und das Ganze auch noch, wo nur wenige Meter entfernt hunderte Menschen waren, die sie hier überraschen konnten. Vielleicht gab ihr das auch noch zusätzlich den Kick, denn sie kam, als Peter sie erneut, nun mit langsamen und tiefen Stößen, im Halbdunkel nahm.

27. Kapitel

Gedanken in der Nacht

D as Zimmer, das Saskia ihr gegeben hatte, war spartanisch eingerichtet. Das bunte Bild über dem Bett setzte den einzigen Farbtupfer. Sonst hätte man es auch für eine Kerkerzelle halten können! Conny legte die Umhängetasche auf den Tisch, der auch schon bessere Tage gesehen hatte. Seufzend ließ sie sich vorsichtig auf den knarrenden Stuhl nieder. So weit war es nun also mit ihr gekommen! Praktisch obdachlos! Ohne die Hilfe von Rebekka und Saskia hätte sie irgendwo draußen schlafen müssen. Sie nahm sich vor, den beiden Frauen etwas von ihrer Schuld wieder auszugleichen, wenn das Dezembergehalt dann irgendwann in der nächsten Woche auf dem Konto und der Dispo wieder ausgeglichen war.

Den gedankenschweren Kopf in die Hand gestützt, dachte Conny nach, was werden würde. Nichts hatte sie mehr! Eigentlich nur noch die Mutter, aber da konnte sie gerade nicht bleiben, da sie mit ihrem Stiefvater Rolf an die Ostsee gefahren war. Und anrufen konnte Conny auch nicht, da Saskia das Telefon sicherheitshalber eingezogen hatte. Diese Unterkunft sollte geheim bleiben und niemanden durfte sie verraten, wo sie sich befand. Also musste sie alles mit sich selbst ausmachen. Zeit für Gedanken hatte sie ja nun mehr als genug.

Es klopfte und Saskia brachte Bettzeug, welches sie sofort überzogen. „Brauchst du noch was?", fragte Saskia danach. Conny schüttelte den Kopf. „Du weißt ja, wo die Küche ist! Bediene dich einfach. Und am Ende des Ganges ist ein Fernsehraum." „OK. Danke dir. Ich brauche erst mal Ruhe!" „Schlaf gut!"

Saskia ging und nun war es an der Zeit, den Inhalt der Tasche in den Schrank zu räumen. Viel hatte sie nicht in die Tasche geworfen. Der größte Teil ihrer Sachen stand noch bei Sabine und den würde sie erst im neuen Jahr dort abholen. Bis dahin wollte sie der Exfreundin nicht mehr begegnen.

Tagelang hatten sie zusammen nach Peter gesucht und dabei hatte Sabine doch genau gewusst, wo er steckte. Im Moment wohl gerade zehn Zentimeter tief in Sabines Schoß! Wütend warf Conny ein T-Shirt von Sabine, das sie aus Versehen mit eingepackt hatte, stellvertretend für die Frau an die Wand.

Nebenan fiel eine Tür zu und wenig später waren aus dem Nachbarzimmer Geräusche zu hören, die sie in einem Frauenhaus wohl am wenigsten erwartet hatte. Stöhnen, jammern und gedämpfte Schreie der Lust, die das Bild der untreuen Freundin nur noch plastischer in Connys Kopf holten. „Erst mal einen Tee!", sagte sie sich selbst, schloss den Schrank und ging über den halbdunklen Flur zur Küche nach vorn.

Die Auswahl an verschiedenen Teesorten im Schrank war gigantisch! Hier schien jemand zu wohnen, der Tee liebte. Es dauerte eine kleine Ewigkeit, bis Conny einen Tee gefunden, das Wasser heiß gemacht und sich mit der Tasse danach auf das Fensterbrett in der Küche gesetzt hatte. In der Dunkelheit waren Schneeflocken zu sehen, die vor dem Fenster immer dichter fielen. Vom Licht aus der Küche angestrahlt tanzten sie vor Connys Augen, doch die Frau sah durch die Flocken hindurch. Wieder dieselbe Frage: Was wird werden? Nächste Woche, nächsten Monat, nächstes Jahr? Vor ein paar Wochen war alles noch klar gewesen. Und nun? Obdachlos und allein!

Eine Träne tropfte in den Tee. Hier kamen nur nutzlose Gedanken! Vielleicht sollte sie Ablenkung beim Fernsehen suchen?

Mit der Tasse ging sie den Flur wieder zurück. Die beiden Frauen aus dem Nachbarzimmer waren sogar bis auf den Flur zu hören, aber sonst war Stille. Kein anderer Laut war zu vernehmen, oder die beiden sich liebenden Frauen übertönten alles andere. Der Fernsehraum stand offen. Dunkel war es in dem Zimmer. Niemand sonst wollte sich die Zeit mit dem Fernsehprogramm vertreiben. Die Fernbedienung lag auf dem Tisch und ein paar Zeitungen dabei. Auch Spiele und Baukästen waren zu sehen.

Conny schaltete eine Stehlampe an, ließ sich in einen Sessel fallen und drückte die Taste. Der Bildschirm flammte auf. Eine rothaarige Frau im Bett mit einem Mann! Fast hätte Conny die Tasse nach dem Bildschirm geworfen. Schnell umschalten! Zweiter Kanal, eine Adventsshow mit Musik.

Leise plätscherten die Weihnachtslieder in den Raum. Die Gedanken vertrieben sie nicht. Immer wieder zogen die kreisend ihre Bahn durch Connys Kopf. Und der Tee wurde langsam kalt. Sollte sie sich eine neue Tasse machen? Dann müsste sie wieder an den beiden Liebenden vorbei und im Moment war ihr gerade nicht nach Liebe! Oder vielleicht war das die Antwort? Sie hatte ja den Vibrator mitgenommen und der lag, voll aufgeladen und einsatzbereit, in ihrem Zimmer!

Irgendwie hingen nun ihre Gedanken an Sabine. Und an Peter! Konnte sie diese beiden einfach aus ihrem Gedächtnis löschen? Vermutlich war es Peter wirklich einfach nur darum gegangen, die Nacht mit ihr zu verbringen. Unverbindlicher Sex. Den hatte sie ja auch gewollt. Und Sabine? Möglicherweise hatte es die Freundin richtig angestellt. Sie hatte den Fisch gefangen und festgehalten, der ihr durch die Finger geschlüpft war.

Seufzend beendete Conny das Kapitel Peter, auch wenn es ihr schwerfiel, diese Nacht zu vergessen. Zu viele Fragen waren in ihrem Kopf und die mussten raus! Im Moment gab es da nur einen Weg dafür! Zuerst unter die Dusche, dann in ihr Bett! Ein Druck auf die Taste, der Bildschirm erlosch.

Auf dem Rückweg zur Küche war die Geräuschkulisse etwas leiser geworden. Irgendwann mussten die beiden ja mal fertig werden!

Zehn Minuten später ging sie mit dem Nachthemd und einem Badehandtuch, welches ihr Saskia ebenfalls gegeben hatte, zur Dusche gegenüber. Der warme Wasserstrahl machte so schön schläfrig und hüllte sie in Geborgenheit ein. Er spülte die Gedanken fort und das Duschgel, das im Bad stand, duftete nach tropischen Blumen und Urwald! „Ich Jane, du Tarzan!", sauste es durch ihren Kopf und Connys Lächeln vertrieb den Schmerz!

Nun freute sie sich auf die Nacht und ihren Freudenspender, den sie gerade auf „Tarzan" getauft hatte. Barfuß, im Nachthemd, die Sachen in der Hand huschte sie in ihr Zimmer. Nebenan war Ruhe! Zeit den Spieß mal umzudrehen!

Conny griff sich das Plastikteil aus dem Schrank, streifte das gerade angezogene Nachthemd ab und legte sich auf das Bett. Ein Druck auf den Knopf und nichts passierte. „Bitte lass mich nicht auch noch hängen! Bitte! Tarzan!", stöhnte Conny und schüttelte den Vibrator. Ein neuer Druck und endlich waren die erwarteten Schwingungen zu spüren.

Jetzt war die Zeit, dass Tarzan ihr die unnützen Gedanken aus dem Kopf nahm. Conny schloss die Augen und zum ersten Mal stellte sie sich nicht mehr Peter dabei vor, sondern wirklich einen muskelbepackten, langhaarigen Mann mit nacktem Oberkörper und Lendenschurz. „Tarzan! Besorge es mir!", stöhnte sie, als sie das Plastikteil in ihren Körper schob.

Die Vibrationen vertrieben jegliche Gedanken aus ihrem Kopf. Es dauerte nicht lang, da liefen die ersten orgiastischen Wellen durch ihren Körper und sie konnte es ihren Zimmernachbarinnen ordentlich heimzahlen.

28. Kapitel

Zwei Seelen!

Jede Nacht, in den letzten Tagen, hatten sie zusammen verbracht. Saskia war nun nicht mehr ihre Betreuerin und Andrea brauchte keine Betreuung mehr. Saskias Finger hatten sie erlöst und nur manchmal kam noch dieser Schmerz der Demütigung zurück, wenn sie kurz an Theo dachte. Saskia hatte die Dokumente von einer Kollegin beglaubigen lassen, damit es bei einem Prozess keine Schwierigkeiten geben würde.

Andreas Gedanken flogen zu der geliebten Frau. Am Tage war Saskia souverän und umsichtig, da war alles Gelernte in ihr und schützte sie, wie ein Panzer. Nachts war sie jedoch so schüchtern und schutzlos. Im Licht war sie die Frau von über dreißig. Abgebrüht, die alle Schliche bei Gericht kannte. Im Dunkel der Nacht, da war sie jenes schmale, schüchterne Mädchen von nicht mal sechzehn Jahren. Von vor dieser furchtbaren Erfahrung. Und Andrea liebte diese beiden Seelen, die in Saskias Körper steckten. Die Starke zum Anlehnen und die Schwache, um ihr Schutz zu geben.

Sie war hier glücklich, nur hinaus durfte sie nicht! Immer noch nicht! Denn Theo konnte ja immer noch nach ihr suchen, um zu beenden, was er begonnen hatte! Somit war es eine Art von beschirmter Liebe, die sie hier gefunden hatten. Die andere Frau, Conny, die nun ihre Zimmernachbarin war, die brauchte zum Glück keine Betreuung. Nur eine Unterkunft und somit hatte Andrea Saskia nur für sich selbst! Eigentlich ziemlich selbstsüchtig, aber diese Stunden der Zärtlichkeit schwemmten den Schmerz aus ihrem Körper.

Allerdings war diese Unterkunft ziemlich schmucklos und nur das Nötigste gab es hier. Es war ja auch mehr eine Art von Notunterkunft. Gerade im Advent war das nicht so schön und da war Saskia ihr Freudenstern.

Andrea lag noch im Bett. Der Tag würde wieder langweilig werden und wozu sich dann beeilen? Nur für das Frühstück? Das konnte sie später auch gut mit dem Mittag verbinden. Saskia war vor über einer Stunde aufgestanden und hatte ihr einen Kuss gegeben. Den spürte sie immer noch auf ihren Lippen. Ihr Herz machte einen freudigen Hopser, wenn sie nur an Saskia dachte und wie als hätte sie die Freundin damit gerufen, schwang die Tür auf und sie betrat den Raum. Für einen Moment stutzte Andrea.

„Saskia? Bist du das?", fragte sie, denn die Freundin war sonderbar verwandelt. Sie trug hochhackige, glänzend schwarze Schuhe, eine schwarze Stoffhose und eine dunkelblaue Jacke über einer weißen Bluse mit Spitze am Kragen. Bisher war sie immer in T-Shirt, Turnschuhen und verwaschener Jeans herumgelaufen. Selbst dann, wenn sie zum Einkaufen ging. Saskia nickte und erklärte „Ich muss zum Gericht, um einer anderen Frau bei einem Prozess zur Seite zu stehen!"

„Schade, dass ich nicht mit kann!", entgegnete Andrea traurig. „Warum nicht?" „Ich habe nichts anzuziehen!" Und das war nicht mal gelogen. Früher hatte sie das oft zu Theo gesagt, um neue Sachen kaufen gehen zu können. Nun traf es wirklich zu. Immer noch hatte sie nur den rosa Trainingsanzug, denn hier brauchte man auch nicht mehr.

„Frag doch mal Conny, ob sie dir was borgt. In meine Sachen wirst du nicht hineinpassen, aber deine Zimmernachbarin hat in etwa dieselbe Statur, wie du!" „Wie viel Zeit habe ich?", fragte Andrea aufgeregt. „Eine halbe Stunde!" Sofort war sie aus dem Bett, rannte barfuß über den Flur und klopfte. Die andere Frau borgte ihr ein paar Sachen und schon eine Minute später stand Andrea unter der Dusche. Sie beeilte sich und wartete nach zwanzig Minuten in der Küche. Endlich konnte sie mal wieder hinaus. Das Theo im Gericht sein würde, das war mehr als unwahrscheinlich und mit Saskia an ihrer Seite konnte ihr selbst dann rein gar nichts passieren.

„Darf ich da überhaupt rein?", fragte sie Saskia, als diese die Küche betrat. „Als Besucherin schon. Ich nehme dich mit rein!" „Danke dir!" Zu zweit stiegen sie hinab in die Freiheit eines Wintertages. Die unerwartete Kälte zwackte ihr in die Wangen.

Mit dem Auto fuhren sie in die Stadt hinein. Adventsschmuck war überall zu sehen und gab ihr diese anheimelnde Atmosphäre, die sie die ganze Zeit so schmerzlich vermisst hatte. Und sie betrachtete während der Fahrt Saskia, die neben ihr saß. Die Freundin hatte die sonst eher verstrubbelten Haare richtig gut frisiert und trug jetzt sogar Schmuck. Eine goldene Kette mit einem Herzen daran und zwei dazu passende Ohrringe.

„Du bist gerade richtig schick. Du solltest das öfter tragen!" „Ich fühle mich da immer verkleidet, aber es muss sein. Als Sachverständige werde ich oft an meinem Aussehen gemessen und nicht an meinem Können! Das ist eigentlich schlimm, aber bei manchem Richter gilt mein Bericht als weniger Wert, wenn meine Haare nicht gekämmt sind. Als ob das eine was mit dem anderen zu tun hätte!"

Saskia zupfte, sichtbar verlegen, am Ärmel der Jacke und setzte dann erklärend fort „Mein Vater hätte wohl eher einen Jungen gehabt. Daher habe ich alles mit ihm gemacht, was wohl auch ein Junge mit seinem Vater gemacht hätte. Angeln, Fußball spielen. Im Garten zelten und solche Dinge eben. Vielleicht bin ich auch daher so flach geblieben!" „Du bist nicht flach!" „Doch! Im Gegensatz zu dir auf alle Fälle!" „Du weißt aber schon, dass du verlierst, wenn du dich mit anderen vergleichst?" „Wer ist hier eigentlich die Psychologin? Du hast ja so recht!", entgegnete Saskia und fuhr in eine Tiefgarage hinab.

Unten, im Dunkel, parkte sie das Auto und küsste Andrea. „Bereit?", fragte sie, aber Andrea wusste nicht, was diese Frage bedeuten sollte. Daher nickte sie nur und wenig später waren sie in einem Saal, in dem nur wenige andere Frauen als Besucher anwesend waren. Viele Stühle waren leer geblieben, obwohl es eine öffentliche Verhandlung war. Niemand schien sich groß für diesen Prozess zu interessieren.

Erneut konnte sie sehen, wie Saskia auftrat. Abermals war das noch einmal eine andere Frau, als sie diese schon kannte. Eloquent und knallhart verteidigte sie ihr eigenes Gutachten. Doch es setzte sich eine Angst in Andreas Kopf fest, weil der Prozess um ein ähnliches Problem ging, wie es bei ihr war. Wie ein Klammergriff legte sich diese Furcht um ihr Herz und schnürte ihr gleichzeitig die Kehle zu.

Saskia verteidigte mit ihrer Aussage eine andere Frau, die von ihrem Mann geschlagen worden war. Und Andrea konnte den lächelnden Mann sehen. Er schien sich seiner Sache sehr sicher zu sein und offensichtlich war es auch schwer, den Richter, einen alten Mann, von dessen Schuld zu überzeugen. Andrea projizierte nun Theo auf diesen Platz und sich selbst auf die Anklagebank!

Wenn Saskia ihr mit dem Besuch hier hatte zeigen wollen, dass ein Prozess sich lohnen würde, dann war das gerade im Begriff, zu scheitern.

Die Furcht vor solch einem Prozess lähmte Andrea gerade. Warum hatte sie mitgewollt? Warum hatte Saskia sie nicht aufgehalten? War die Frage in der Tiefgarage deshalb von ihr gestellt worden? War sie wirklich dafür schon bereit gewesen? Wohl kaum!

29. Kapitel

Tage des Zorns und der Liebe (CW)

*E*s hatte ein paar Tage gedauert, bevor Andrea die Erlebnisse des Prozesses verarbeitet hatte. In dieser Zeit war sie mehr als einmal in Versuchung gewesen, die Fotos und Protokolle zu vernichten. Obwohl es Saskia wohl gut gemeint hatte, hatte der Besuch im Gerichtssaal nur Andreas Zweifel verstärkt. Der Angeklagte im Gericht war nur zu einer Bewährungsstrafe verurteilt worden und freudestrahlend aus dem Saal spaziert. Aller Einsatz von Saskia hatte nichts genutzt.

Und dieser Besuch hatte auch dazu geführt, dass die Erkenntnis durch Andreas Kopf sauste, was das Ganze für sie bedeuten würde. Die Abgeschiedenheit dieser Frauenstation hatte sie eingelullt. Nun war Angst in ihrem Kopf. Aber es war keine Angst vor Theo, sondern Angst davor, was Freunde, Bekannte und Arbeitskollegen sagen würden. Noch wusste es keiner, aber ein Gerichtsverfahren würde es für alle Bewusst machen. Sie war die Geschädigte und würde es auch weiter bleiben. Für immer!

Da nutzte es auch nichts, dass Saskia ihr erzählt hatte, dass es viele Frauen betreffen würde.
Nach einer Statistik jede dritte erwachsene Frau
in Europa! Sicherlich gingen die meisten davon
nicht vor Gericht. Da würde alles noch einmal
nach oben gespült werden. Die Angst und die
Scham, dass man nichts dagegen hatte tun können, dass sie einfach nur benutzt und gedemütigt
worden war. Da steckte nur noch Zorn in ihr.
Zorn auf sich selbst! Vielleicht war es auch so
etwas, was all die Jahre in Saskia gesteckt hatte.
Im Moment fehlte ihr die Freundin so sehr, dass
sie fast den Notrufknopf drücken wollte. Andrea
saß auf ihrem Bett, hatte die Fotos vor sich und
zitterte.

Jede Geste von Theo und jedes Wort von ihm
wurde im Nachhinein umgedeutet. Der ruppige
Sex, seine Art, kein Nein zu akzeptieren, sein
Drängen, alles bekam nun eine neue Bedeutung.
Es waren Nötigungen und wenn man so wollte
schon lange Vergewaltigungen gewesen. Bis zu
dem blauen Auge wollte sie das wohl nie wirklich
wahrhaben und hätte schon ein Jahr zuvor die
Reißleine ziehen sollen. Die Striemen und Krat-
zer auf den Fotos belegten es nur zu deutlich!

Bereits lange vorher war Theo ihr gegenüber übergriffig gewesen, aber sie hatte es vor sich selbst verleugnet. „Ist nicht so schlimm!", und „Anderen geht es schlimmer!" waren die Ausreden gewesen, mit denen sie sich selbst beruhigt hatte. Vielleicht war auch das fehlende Familienleben mit den Eltern ein Teil dieses Grundes. Andrea hatte nie erlebt, wie Erwachsene zusammenlebten. Liebevoll miteinander umgingen. Erst die Tage mit Saskia hatten ihr gezeigt, wie es gehen konnte. Und nun wartete sie sehnsüchtig auf die Freundin.

Langsam ließ sie die Fotos sinken. Der rot leuchtende Knopf kam wieder in ihren Blick. Ein Druck darauf und die Gefährtin wäre hier, würde sie in den Arm nehmen und trösten. Sollte sie es tun? Der Knopf schrie sie fast an und schließlich betätigte sie den Taster.

Es dauerte keine Minute, da kam Saskia in das Zimmer. Wie immer in ihrem obligatorischen Schlabberlook. Ein schwarzes Bandshirt, das ihr zwei Nummern zu groß war, die verwaschene Jeans, die am Knie zerrissen war und Turnschuhe. „Was ist?", fragte sie und setzte sich auf das Bett. „Zu viele Gedanken!", entgegnete Andrea und legte die Fotos auf den Tisch.

Um sich davon abzulenken, sah sie Saskia an. „Ich habe dich noch nie im Kleid gesehen!" „Ich habe nur ein einziges Mal ein Kleid getragen. An jenem blöden Tag! Damals!" „Das Kleid war nicht schuld! Niklas hat die Schuld daran!" „Das weiß ich! Mein Kopf weiß es! Aber wenn ich an jenem Tag Hosen angehabt hätte…" „Dann hätte es nur eine Minute länger gedauert! Der Kerl wollte es so oder so!" „Vom Kopf her ist mir das klar! Trotzdem schmerzt es immer noch! Nach all den Jahren!"

„Lass uns den Schmerz und den Zorn vergessen!", sagte Andrea und verschloss Saskias Mund mit einem zärtlichen Kuss. Nun fiel auch alles von Andrea ab. Geschickt streifte sie Saskia das T-Shirt über den Kopf, was in Anbetracht der Größe des Kleidungsstückes auch nicht schwierig war. Sie drückte die Freundin in ihr Bett und begann sie zu verwöhnen, anschließend machte Saskia dasselbe bei ihr. Die Angst war fern.

Eine Stunde später lagen sie beide nackt und schnaufend nebeneinander im Bett. „Ich bin so froh, dass ich dich gefunden habe!", seufzte Andrea und legte ihren Kopf an die Brust von Saskia. „Das geht mir genauso! Du bist die Liebe meines Lebens! So etwas habe ich noch nie erlebt!", entgegnete Saskia und küsste Andreas Stirn. Eine unheimliche Geborgenheit strahlte Saskia in diesem Moment aus. Zusammen waren sie unbesiegbar! „Ich würde nur gern mit dir hier raus! Irgendwohin, wo man etwas mehr Weihnachtsstimmung hat, als in diesem kahlen Zimmer!", sagte Andrea leise.

„Das geht aber nicht! Was ist, wenn Theo dich findet? Ich will dich nicht verlieren!" „Und wenn wir wo hingehen, wo er uns nicht findet?" „Wohin? Hier drin sind wir sicher!" „Es muss doch einen Ort geben, wo er uns nicht finden kann!", antwortete Andrea und dachte nach.

„Wo hast du denn eigentlich gelernt, eine Frau so zu befriedigen?", fragte Saskia und streichelte ihre Wange. Andreas Überlegungen wurden unterbrochen und die Erinnerung schob sich nach vorn. „Ich war vierzehn und habe das einmal im Urlaub mit meiner Freundin Rosi probiert." „Na sicher nicht nur ein Mal. Oder?" „Das war ein herrlicher Urlaub!", sagte Andrea und seufzte. „Moment mal!", setzte sie hinzu und dachte wieder an diesen Sommer zurück. „Das Ferienhaus meiner Eltern! Das kennt Theo nicht! Da war ich als Kind immer so glücklich! Könnten wir nicht dorthin? Bitte!" Andrea sah Saskia fast flehend an.

„Ich kann hier nicht fort! Ich muss doch auf Conny aufpassen!" „Aber die hat doch nur eine Unterkunft gesucht! Das Haus ist groß genug. Vielleicht kann sie ja mitkommen? Winterabende am Kamin und spazieren gehen im Schnee! Bitte Saskia! Frage sie doch mal!"

„Das mache ich später! Es ist gerade so schön kuschlig hier, bei dir im Bett!", entgegnete Saskia und schob sich über Andrea. Eine Reihe leidenschaftlicher Küsse folgten, die Andrea den Atem und die Sinne raubten. Es war so schön, sich einfach fallen lassen zu können. An nichts denken zu müssen! Einfach nur genießen zu können, was die Freundin ihr gab! Saskias streichelnden Finger erkundeten ihren Körper, obwohl sie den ja schon gut kannte.

Eine Woge puren Glücks überrollte Andrea und sie musste das Glück einfach hinausschreien! Angst, Zorn und Kummer waren fern! Hier war pure Liebe!

30. Kapitel

Drei Frauen allein im Wald

Nebenan ging mal wieder die Post ab. Die Wände waren sehr dünn und somit war Conny erneut Ohrenzeugin dessen, was Saskia da gerade mit ihrer Zimmernachbarin tat. Eigentlich war sie hierhergekommen, um nachzudenken, doch die Geräuschkulisse ließ ihr meist nicht die Ruhe für klare Gedanken. Aber sie war in dieser Station ja praktisch nur geduldet. Es war Saskias Gutmütigkeit, dass Conny hier für ein paar Tage kostenlos unterkommen konnte. Wenn das hier nicht ging, dann blieb ihr nur noch das Obdachlosenheim und da wollte sie nun wirklich nicht hin.

Dementsprechend musste sie also versuchen, das Beste aus der Situation zu machen. Zum Glück war der Vibrator in ihrer Tasche, der ihr so manche Nacht die Entspannung brachte.

Im Zimmer nebenan war der gedämpfte Lustschrei einer Frau zu hören und nur ein paar Augenblicke später klopfte es. Saskia erschien im Zimmer. Barfuß und mit einem schwarzen T-

Shirt an, das ihr bis auf die nackten Oberschenkel fiel. Es war offensichtlich, dass sie höchstens einen Slip darunter trug. „Ich habe mal eine Frage!", sagte Saskia und strich sich über die zerzausten Haare. „Ja?" „Andrea, deine Zimmernachbarin, hat vorgeschlagen, dass sie mit mir zum Ferienhaus ihrer Eltern fahren möchte." „OK! Gute Fahrt!" „Nein! Ich kann dich doch hier nicht so zurücklassen! Möchtest du mit?"

Einen Moment dachte Conny nach. Offensichtlich durfte sie hier nicht allein bleiben, da dies eine betreute Einrichtung war. Aber war es nicht egal, wo man war? Hauptsache es war warm und trocken. „Ja! Ich komme mit, wenn ich darf!", entgegnete Conny. Saskia fiel ihr fast um den Hals und zeigte dabei deutlich, dass sie sich das Shirt nur schnell über den nackten Körper geworfen hatte.

„In einer Stunde geht es los!", sagte sie noch, als sie schon wieder aus dem Zimmer lief. Eine Stunde zum Packen und anziehen. Viel hatte sie ja nicht. Die kleine Tasche war schnell gepackt und stand wenig später auf dem Bett. Ein letzter Blick über diese Bleibe der letzten Tage, dann setzte sich Conny an den Tisch und genoss die Ruhe. Auch in dem Ferienhaus würden die beiden anderen Frauen wohl kaum die Finger voneinander lassen, aber vielleicht war sie da nicht Wand an Wand mit ihnen. Und Spazierengehen konnte man da vielleicht auch noch. Zeit zum Grübeln in der freien Natur! Das konnte helfen!

Genau eine Stunde nach der Ankündigung betrat Saskia das Zimmer wieder. Diesmal vollständig angezogen und mit einer alten Windjacke in der Hand. Dass die Frau solch ein paar abgetragene Sachen hatte, daran hatte sich Conny schon gewöhnt, aber diese Jacke hatte nun wirklich schon bessere Tage gesehen. „Hast du die aus der Altkleidersammlung?", fragte sie, weil ein Ärmel einen sichtbar genähten Riss hatte. „Nein! Aber wozu soll ich mir immer neue Sachen kaufen? Die ist warm und bequem! Können wir?", fragte sie noch und Conny erhob sich. In der Tür erschien die andere Frau. Sichtbar hibbelig, in einem rosa Trainingsanzug und einem offenen Mantel darüber.

Zu dritt stiegen sie schweigend die Treppe hinab, verließen das Haus und liefen durch den Schnee in den Hinterhof, wo das Auto von Saskia geparkt war. Die drei Taschen waren schnell verladen. Conny setzte sich nach hinten, Saskia hinter das Lenkrad und Andrea stieg vorn ein und ließ sich auf dem Beifahrersitz nieder.

„Du weißt, wo wir hin müssen?", fragte Saskia und Andrea antwortete „Ja. Ich war zwar über zehn Jahre nicht dort, aber das vergisst man ja nicht! Es sind nur etwa dreißig Kilometer und es war da immer so wundervoll!" Saskia startete den Motor, das Fahrzeug rollte vom Hof und bog in die Hauptstraße ab.

Vor dem Fahrzeug war geschäftiges Treiben an einem Nachmittag im Advent, aber durch die getönten Seitenscheiben war nur die Weihnachtsbeleuchtung zu sehen. Aus dem Radio dudelte Weihnachtsmusik und verstärkte noch mehr diese Diskrepanz zwischen der weihnachtlichen Stadt und Connys brodelndem Innenleben, denn gerade kamen alle Zweifel wieder in ihr hoch. Ein paar Tage war Ruhe gewesen und das erste sich küssende Paar hatte gereicht, um alles wieder nach oben zu spülen.

Schnell raus aus der Stadt! Die Landstraße zog sich durch eine verschneite Landschaft. Direkt vor ihnen fuhr ein Schneepflug und warf den Schnee zur Seite. Flockenwirbel setzte ein, der wohl durch das Schneeräumfahrzeug nur noch verstärkt wurde. Irgendwann bog er vor ihnen ab und sie rollten langsam in die beginnende Abenddämmerung. „Für dreißig Kilometer sind wir aber schon ganz schön lange unterwegs!", sagte Saskia zweifelnd von vorn und Andrea schien sich auf den Weg zu konzentrieren. Vermutlich sah das im Winter, und nach zehn Jahren, alles ganz anders aus, als es die Frau in der Erinnerung hatte.

„Hier müssen wir links!", sagte Andrea auf einmal und Saskia sah sie skeptisch an, dann zog sie den Wagen von der Straße auf einen Weg hinüber. Es war ein besserer Feldweg, der auf einen kleinen Wald hinführte. Die Scheinwerfer holten den verschneiten Pfad aus der Dämmerung. Wenn sie da stecken bleiben würden, dann müssten sie die Nacht im Auto verbringen! Conny sah sich schon mal vorsorglich nach einer Decke um. Eine lag auf der Rückbank. Eine, für drei Frauen!

Schließlich erreichten sie den Waldrand und der Weg endete an einer Schranke! „Wohin nun?", fragte Saskia, hörbar genervt. „Äh? Vielleicht war es einen Weg weiter?", fragte Andrea, aber keine der anderen beiden Frauen konnte ihr diese Frage beantworten.

„Da drüben ist ein Dorf! Vielleicht kann man da fragen?", warf Conny ein, die ein paar Lichter hinter dem Waldrand gesehen hatte. „Gute Idee!", antwortete Saskia und setzte im Schnee vorsichtig zurück. Sie war aber offensichtlich eine gute Fahrerin, denn trotz des schwierigen Untergrundes gelang das Manöver.

Keine halbe Stunde später hatten sie das Dorf erreicht. Eine Pension lag am Dorfrand und Andrea zeigte freudig darauf „Die kenne ich! Da habe ich immer sonntags Eis gegessen!" „Eis haben wir im Moment genug. Vielleicht bekommen wir da ein Zimmer für die Nacht!", entgegnete Saskia und schaltete den Motor aus.

Durch einen beginnenden Schneesturm huschten sie zu dritt über den Parkplatz zur Tür der Pension, deren Fenster zum Glück hell erleuchtet waren. In der Decke wäre sie sicherlich in der Frostnacht erfroren, denn immer dichter wurde das Schneetreiben.

Sie stürzten fast in den Gastraum, denn jede wollte zuerst in die Wärme hinein. Eine junge Frau in einer, der Gegend nicht angemessenen, Tracht trat auf sie zu. „Hallo! Möchtet ihr ein Zimmer für die Nacht?" „Nein! Zwei!", sagte Conny schnell, auch wenn sie im Moment noch nicht wusste, wie sie ihr Zimmer bezahlen würde, aber mit den anderen beiden Frauen wollte sie sich kein Bett teilen müssen.

„Rosi? Bist du das?", fragte Andrea die Frau. Die Bedienung stutzte. „Andrea? Das ist ja schon ewig her!", rief sie und die beiden Frauen fielen sich freudig um den Hals. „Weißt du, wo das Ferienhaus meiner Eltern ist?" „Natürlich! Meine Mutter hat den Schlüssel. Wenn ihr möchtet, dann kann ich euch morgen früh hinfahren!" „Gern! Und jetzt brauche ich eine warme Suppe!", sagte Andrea. „Ich auch!", setzten Saskia und Conny wie aus einem Mund hinzu.

Wenig später saßen sie zu viert lachend und schlemmend am Tisch in der Gaststube. Offensichtlich waren sie die einzigen Gäste. Bei einem Schneesturm verirrten sich vermutlich nicht allzu viele Menschen in dieses Café!

31. Kapitel

Eine alte Liebe

Stundenlang hatten sie in der Gaststube gesessen. Zu viert, denn Rosi hatte nichts im Café zu tun und sich daher zu ihnen setzen können. Bei Kaffee, Tee und einem schnell vorbereiteten Käsefondue hatten sie erzählt, gelacht und Weihnachtslieder gesungen. Rosis Mutter, die Andrea ebenfalls gut kannte, war leider nicht da, aber so hatten die vier jungen Frauen eben die Ruhe, über ihre vielen „Jugendsünden" zu schwärmen. Saskia hielt sich dabei allerdings etwas zurück, aber da Andrea den Grund dieser Zurückhaltung kannte, drang sie nicht auf die Freundin ein.

Nun stiegen sie lachend nach oben. „Ich habe euch meine beiden schönsten Zimmer gegeben!", erzählte Rosi, drückte ihnen die Schlüssel in die Hand und wünschte noch eine gute Nacht.

Das Zimmer war wirklich ein Traum und Andrea stand staunend in dem großen Badezimmer, während Saskia das Bett ausprobierte. „Läuft da noch was, zwischen dir und Rosi?", fragte die

Freundin vom Bett aus, in dem sie der Länge nach lag. „Das war vor über zehn Jahren! Nein! Alles gut! Nur eine alte Liebe!", erklärte Andrea, ging zum Bett und beugte sich über die Geliebte. Ihre Lippen trafen sich zu einem leidenschaftlichen Kuss „Das habe ich vermisst!", stöhnte Saskia und zog Andrea zu sich herab. Neue stürmische Küsse folgten, bei denen sie sich schnell gegenseitig ihrer Kleidung entledigten. Andrea drückte den schmalen Körper von Saskia im Bett nieder. Schwer ruhten ihre Brüste auf Saskias Oberkörper und ihre Finger gingen beiderseits auf Forschungsreise.

Mitten in diesem Spiel der Lust hatte Andrea einen Einfall und sagte „Moment!" Mühsam löste sie sich aus Saskias Umklammerung, streifte sich das T-Shirt geschwind über die erhitzte Haut und eilte aus dem Zimmer, um die Freundin nicht zu lange warten zu lassen. Dabei spürte sie Saskias fragenden Blick im Rücken.

Am Ende des Ganges war damals Rosis Zimmer gewesen und immer noch stand da „Privat" an der Tür. Andrea klopfte und Rosi öffnete im Nachthemd. „Was möchtest du?" „Hast du das Ding noch?" „Natürlich! Ich halte es in Ehren und manchmal kommt es noch zum Einsatz!"

„Kann ich mir das mal für die Nacht ausborgen?" Rosi lächelte und nickte. Eine Minute später überreichte sie die vertraute Tasche und wünschte „Viel Spaß!"

Nach einem Gute-Nacht Kuss eilte Andrea zu Saskia zurück. „Überraschung!", sagte sie und öffnete den Reißverschluss der roten Tasche. Saskia richtete sich auf, um einen besseren Blick auf den Inhalt zu bekommen. „Mit dem Ding haben Rosi und ich uns gegenseitig unser erstes Mal besorgt!" Dabei zog sie das Gurtzeug heraus und breitete es vor Saskia auf dem Bett aus.

Die Finger der Frau strichen über den Dildo und ihre Augen leuchteten erwartungsvoll. „Möchtest du?", fragte Andrea, während sie sich eigentlich schon den Haltegurt umlegte. „Seit damals habe ich nicht mehr…", sagte Saskia zweifelnd, aber ihr Blick verriet die Sehnsucht nach diesem Abenteuer. „Wie geht denn das?" „Ganz normal!" „Ich bin etwas eingerostet!", flüsterte Saskia.

„Lege dich zurück!", sagte Andrea leise, befestigte den Dildo und schob die Tasche vom Bett. „Und ihr habt euch wirklich damit gegenseitig entjungfert?", fragte Saskia und ihr Blick hing fragend an der aufragenden Plastikspitze. „Wir waren fast fünfzehn. Rosi hat das Ding hier in der Pension gefunden. Ein Gast muss es wohl vergessen haben", gedankenverloren strich Andrea mit den Fingern über das Plastik.

Die Erinnerungen daran fluteten ihren Körper und sie setzte fort. „Das war der schönste Sommer meines Lebens. Und der beste Sex, bis ich dich getroffen habe!", hauchte Andrea und schob sich über Saskia. „Wenn etwas sein sollte, dann sage Bescheid! OK?", fragte sie vorsichtig. „Alles gut!"

Andrea stützte sich auf, näherte sich der vor Vorfreude bereits glänzend feuchten Vulva der Freundin und schob sich langsam in den Leib der Gefährtin. Stöhnend quittierte die Geliebte ihr vordringen.

Einen Moment verharrte sie auf halbem Weg, damit sich Saskia an das Gefühl gewöhnen konnte, bevor sie vorsichtig ihre Hüften vor und zurückbewegte, bis sie bemerkte, wie Saskia den Bauch einzog. Nun legte Andrea etwas Tempo zu. Der Bogen der Rippen bei Saskia trat deutlich fühlbar hervor und die Freundin beantwortete jeden nun folgenden Stoß mit einem immer lauter werdenden Keuchen.

Jählings bäumte sie sich auf und schrie ihre Lust heraus. Glücklich zog sich Andrea aus ihr zurück und fiel neben der anderen Frau auf das Bett. „Das war so wundervoll!", seufzte Saskia und setzte fragen hinzu „Warum konnte mein erstes Mal nicht so sein?" „Weil Niklas nur schnell fertig werden wollte. Mit sich und mit dir!" Andrea streichelte Saskias Wange. „Möchtest du auch mal?", fragte Saskia und Andrea löste den Gurt. Schnell tauschten sie die Plätze.

Saskia stützte sich auf Andreas Handgelenke und diese sah angstvoll auf ihre gefangenen Hände. Hatte Theo es nicht genauso gemacht? Doch Saskias Lächeln und die Küsse der Freundin löschten diese Furcht aus. Das hier wollte sie genießen! Dieses pure Glück in Saskias Händen. Andrea zog die Knie so weit wie möglich nach oben, um die Freundin noch besser zu spüren. Sie fühlte, wie ihr Herzschlag in ihrem Schoß pulsierte und das Verlangen anheizte.

Nun konnte sie es kaum noch erwarten. Von unten sah sie auf den schmalen Leib der Gefährtin herauf. „Komm schon! Fick mich!", hauchte sie und zitterte bereits, bevor Saskias erster Stoß das Zentrum ihrer Lust traf. Ihren Schrei, den sie wenig später ausstieß, den hörte sicher auch Rosi.

Eine ganze Weile später lagen sie kuschelnd, sich streichelnd und küssend in dem Bett. Während draußen der Schneesturm tobte, kam ihrer beider aufgeheiztes inneres langsam zur Ruhe. Schließlich schliefen sie entspannt und sich haltend, nackt nebeneinander ein.

Ein Klopfen an der Tür weckte Andrea. Rosi trat an das Bett. „Na? Wie war es?" „Bombastisch!", antwortete Saskia, bevor Andrea es tun konnte, dann warf sie sich ihr T-Shirt schnell über. „Das Frühstück ist fertig!" „Wie spät ist es denn?" „Halb zwölf! Ich habe die Hütte für euch vorbereitet, eingeheizt und den Kühlschrank befüllt! Conny ist schon da und wartet auf euch!" „Du hast sie dort alleine gelassen?", fragte Saskia sichtlich besorgt, doch dann winkte sie ab und sagte „Mein Fehler! Alles gut!"

„Kommt ihr dann?", fragte Rosi und stopfte das Gurtzeug in die Tasche. „Wir werden erst mal duschen." „Gemeinsam!", sagte Saskia und ging zum Bad.

„Kann ich mir das Ding mal für ein paar Tage ausborgen?", fragte Andrea und zeigte auf die Tasche. „Das geht leider nicht! Meine Verlobte Maxi kommt heute Abend zu Besuch! Aber für eine Stunde kann ich ihn euch noch lassen! Kommt dann einfach runter! Ich räume hier später auf!"

Von der Badtür aus sagte Saskia „Vielleicht schenke ich dir so ein Ding zu Weihnachten!" „Damit schenkst du uns beiden dann was!", entgegnete Andrea und Saskia verschwand lachend im Bad. Rosi umarmte Andrea und wendete sich der Tür zu. „Kommst du?", rief Saskia und das Wasser war schon zu hören. „Du zuerst!", rief Andrea, während sie sich den Gurt wieder anlegte. Rosi drehte sich noch mal zu ihr zurück, nickte und verließ schmunzelnd den Raum.

32. Kapitel

Noch ein Schock!

Seit ein paar Tagen waren sie nun schon in der Hütte von Andreas Eltern. Es war ziemlich gemütlich dort und auch geräumig. Conny hatte ein Zimmer im Dachgeschoss bekommen und war damit weit genug entfernt von den sich liebenden Frauen im Erdgeschoss. Und diese beiden verließen das Haus nicht eine Sekunde, dafür machte Conny lange Spaziergänge durch den verschneiten Wald, der an die Hütte angrenzte. Hin und wieder brachte Rosi etwas zu essen in einem Korb und mitunter begleitete Conny dann die andere Frau auf dem Rückweg zum Dorf.

Wie geplant hatte sie nun wirklich viel Zeit zum Nachdenken. Was würde werden? Am meisten schmerzte es sie, dass Sabine sie so eindeutig hintergangen hatte. Immer noch fraß sich dieser Schmerz durch Connys Bauch.

Zusammen mit ihr hatte sie den unbekannten Freund gesucht und dabei wusste Sabine doch genau, wo er war. In ein paar Tagen würde das neue Jahr beginnen und damit auch wieder die Arbeit. Dann musste sie mit dieser Betrügerin zusammen in einem Büro arbeiten! Im Moment wusste Conny noch nicht, wie das ohne Mord und Totschlag gehen sollte. Und eine Wohnung brauchte sie ja auch noch!

Alles war gerade im Umbruch und die einzige, die sie als unbeteiligte hätte fragen können, die lag gerade nackt mit Andrea im Bett! Durch die offen stehende Tür konnte sie Saskias jungenhaften Körper sehen. Die beiden Frauen ruhten ermattet von ihrem Liebesspiel in dem großen Schlafzimmer im Erdgeschoss.

Damit konnte sie sich aber wenigstens erneut Saskias alten Anorak ungefragt ausborgen. Der war wirklich warm und bequem. Nun konnte sie die andere Frau auch verstehen. Als sie sich die Jacke überzog, ging ihr Blick wieder zu den beiden Frauen. Sie schliefen selig in dem zerwühlten Bett.

Die Abende hier in der Hütte waren sehr schön. Manchmal saßen sie zu dritt einfach stundenlang vor dem Feuer und sahen in die Flammen. Dabei trank sie Orangensaft und die beiden anderen Rotwein. Mitunter hatte Saskia dabei Zeit, sie beide zu beraten, was sehr seltsam aussah, weil die nackten Beine der Frau unter dem weiten T-Shirt hervorragten. Oben rum in eine Decke mit Andrea gewickelt und unten rum fast nackt. Trotzdem wusste Conny immer noch nicht, wie es weitergehen sollte.

Alles war in der Schwebe! Beruflich, privat und auch die Wohnung. Vielleicht sollte sie sich Saskias Laptop mal ausborgen, um nach einer neuen Bleibe zu suchen? Aufgeklappt stand der Rechner auf dem Tisch vor dem Sofa.

Zwischen Tisch und Tür hin und her blickend überlegte Conny. Zuerst der Rechner? Oder der Spaziergang? Vielleicht zuerst die Frage nach der Wohnung und über die Antworten konnte sie ja auf dem danach folgenden Spaziergang nachdenken, denn es war noch nicht mal Mittag und würde sicher noch vier oder fünf Stunden hell sein.

Der Anorak landete wieder auf dem Stuhl und Conny tippte die Suchanfrage ein. Wie viele Zimmer und was durfte es kosten? Grübelnd schwebte die Maus über den Eingabefeldern. Zwei Zimmer für fünfhundert Euro warm? Vielleicht! Und nicht so weit von der Arbeit entfernt! Drei Wohnungen wurden angezeigt. Zwei davon sofort zu beziehen! „Prima!", freute sich Conny und sah sich die Bilder an. Sanierter Altbau im fünften Stock. Aber mit Ofenheizung die eine. Blieb nur noch eine! War diese in Ordnung?

Ein Bild nach dem anderen sah sie sich an. In der Not würde es gehen, aber die Wohnung war nicht das, was sie gern gehabt hätte. Konnte sie noch warten? Und wie lange? Wie lange konnte sie in der Unterkunft bleiben? Noch ein paar Fragen mehr! Seufzend schloss sie den Browser. Kleinere Wohnung oder höhere Miete? Zweifelnd dachte sie an die riesige Wohnung von Sabine. Vier Zimmer! Wie machte die das nur? Die verdiente auf der Arbeit doch dasselbe, wie sie!

Leise klappte Conny den Rechner zu, erhob sich und griff sich die Jacke. Darüber würde sie am Abend mit Saskia mal reden, denn der Frau fiel immer ein Ratschlag ein. Sicherlich hatte sie schon hunderten Frauen in Connys Lage geholfen.

Sie wendete sich der Tür zu und in diesem Moment wurde der Eingang zur Hütte von außen geöffnet. Lachend liefen Sabine und ihr Freund in den Raum. „Was machst du denn hier?", riefen sie und Sabine wie aus einem Mund. Nur zwei Schritte trennten Conny noch von dem Mann, den sie tagelang verzweifelt gesucht hatte. Aber er war Sabines Freund und trug im Moment sogar ihren Lippenstift auf seinen Lippen. Bis gerade eben war das Kapitel Peter bei ihr abgeschlossen gewesen, doch sein Erschienen riss die alte Wunde wieder auf.

Conny ließ die Jacke fallen, um sich auf den Mann zu stürzen, doch er stoppte sie mit einer Handbewegung. „Was machen sie hier?", fragte nun der Mann. „Andrea hat mich eingeladen!" „In meine Hütte? Und welche Andrea?", fragte der Mann weiter. Conny zeigte zur Tür der Schlafstube, in der gerade Andrea mit zerwühlten Haaren und in ein Bettlaken gehüllt erschien.

„Peter!", schrie die Frau auf und rannte auf den Mann zu, dabei verhedderte sie sich in dem Laken und flog ihm nackt entgegen. Der Mann fing sie auf und wirbelte sie lachend herum. Nun sahen sich Sabine und Conny fragend an, während die halbnackte Saskia in die Stube kam. Damit sahen nun drei Frauen zu, wie der Mann eine nackte Frau umherwirbelte und herzte.

„Peter ist mein Bruder!", sagte Andrea, als der Mann sie wieder auf den Boden abgesetzt hatte und sie sich wieder das Laken um den Leib geschlungen hatte. „Und er ist der Vater meines ungeborenen Kindes!", setzte Conny wütend hinzu. „Aber ich kenne sie doch gar nicht!" „Die Nacht zum ersten Advent? Na ja, wenn man so viele Frauen hat, dann kann man schon mal eine vergessen!", entgegnete Conny und die Ablehnung machte sie zornig.

„In dieser Nacht war ich im Krankenhaus!" „Du lügst!", brüllte Conny, schnappte sich den Anorak vom Boden und sauste mit Tränen in den Augen an Sabine vorbei ins Freie hinaus.

Immer noch mit der Jacke in der Hand rannte sie den Weg hinab. Es war sicher kalt, aber sie spürte diese Kälte nicht. Der Schock über das Zusammentreffen mit dem Mann und über das Verleugnen der Vaterschaft saß viel zu tief. Ihr sorgsam gekittetes Gefühlsleben war vollständig außer Kontrolle geraten.

Die Tränen verschleierten ihren Blick. Wohin rannte sie eigentlich? Abrupt stoppte sie, wischte sich die Tränen ab und erkannte, dass sie fast

zehn Meter auf den zugefrorenen See hinausge-
laufen war.

Starr vor Schreck wagte sie keine Bewegung
mehr und das Knacken des Eises war mehr als
laut von unten zu hören. „Hilfe!", brüllte Conny,
wendete sich zum Ufer zurück und verlor im selben Moment den Boden unter den Füßen.

In Todesangst versuchte sie sich nach vorn
fallen zu lassen, doch auch dort brach das Eis
unter ihr. Conny tauchte unter und das eiskalte
Wasser umspülte sie.

Die Kälte schnürte ihr das Herz zu. „Alles
aus!", sauste es durch ihren Kopf, als das Eiswas-
ser über ihr zusammenschlug.

33. Kapitel

Auf Messers Schneide

Sabine lief der Freundin hinterher. „Conny! Bleib doch stehen!", rief sie. Aber Conny rannte durch den Schnee und geradewegs auf den Steg zu, der den Beginn des Sees markierte. Die Wasserfläche war verschneit und vom Eis bedeckt. Daher sah die Freundin die Gefahr wohl nicht, dann brach Conny in das Eis ein und Sabine wurde von Peter an der Kapuze des Anoraks zurückgerissen, kurz bevor sie das Ufer erreicht hatte.

„Tu doch was!", brüllte sie Peter an, der aber schon ein Brett aus dem Schnee an der Seite hervorzog und auf den See schob. Flach darauf liegend zog er sich zur Einbruchsstelle, als Conny prustend vor ihm auftauchte. Regungslos vor Schreck konnte Sabine keine Bewegung mehr machen. Sie sah, wie Peter Connys Hand packte, die Freundin mit einem Ruck aus dem Wasser riss und über das Eis zum Ufer zurückschleuderte.

Nun erst bückte sich Sabine und zog Conny in den Schnee an Land. Peter schob sich auf dem Brett zurück, während das Eis überlaut unter ihm knackte. Schließlich kniete er neben ihr, sagte „Lass heißes Wasser in die Badewanne!" und hob sich die Frau auf die Arme. Nun rannte Sabine so schnell zur Hütte zurück, wie es nur ging.

In dem Haus lief sie an den beiden halbnackten Frauen vorbei in das Bad, wo der dicke Strahl heißes Wasser die Wanne zu fluten begann. Als Peter mit der zitternden Conny das Bad betrat, da war die Wanne bereits zu einem Viertel gefüllt. Zu zweit befreiten sie die Freundin von den nassen Sachen und hoben sie in die Wanne. Connys Lippen waren ganz blau und sie bewegte sich nicht mehr. „Hole meinen Arztkoffer! Hinter meinem Sitz im Auto!", sagte Peter und gab ihr den Fahrzeugschlüssel.

Wieder rannte Sabine in den Wintertag hinaus, suchte den Koffer mit dem roten Kreuz im Auto und zerrte dann die schwere Tasche hinter sich her. In dem Moment, in welchem sie damit das Bad betrat, schlug Conny die Augen wieder auf. Peter beugte sich über die Tasche und suchte etwas darin. „Geht es dir gut?" „Du Betrügerin! Du hast doch gewusst, dass ich ihn gesucht habe!", fauchte Conny. „Nein! Das wusste ich nicht!" „Doch!" „Schluss mit den Streitereien! Ich muss deine Temperatur messen!", unterbrach Peter sie beide. „OK!", sagte Conny fast zahm und wollte das Thermometer greifen. „Rektal!", erklärte der Mann. „Was?", fragte Conny. „Hebe deinen Hintern aus dem Wasser!", erklärte Sabine. Conny drehte sich, beugte sich über den Wannenrand und hob ihren Hintern an. Mit dem eingeführten Thermometer funkelte die Freundin sie zornig an. „Peter kann es nicht gewesen sein! Er hatte Dienst!", versuchte Sabine zu beschwichtigen.

„Das kann nicht sein!" Peter zog das Thermometer heraus und setzte ungerührt hinzu „35,7 °C. Eine leichte Unterkühlung!", während sich Conny wieder auf den Rücken drehte. „Du warst es! Definitiv! Warum stehst du nicht dazu? Hast du dich aus dem Krankenhaus geschlichen und hast nun Angst, deinen Job zu verlieren?" „Nein! Ich war es wirklich nicht!" „Ich weiß es doch aber! Sogar an die kleine Narbe auf deinem linken Schlüsselbein kann ich mich noch erinnern!" „Eine Narbe?", fragte Sabine. „Ja! Geschwungen und in etwa so lang wie mein kleiner Finger!" „Aber da ist keine Narbe!" „Doch!"

Seufzend zog sich Peter die Jacke sowie das Hemd aus und Conny suchte vergebens mit dem Finger die beschriebene Narbe auf Peters unversehrter Haut. „Hatte er auch eine große Narbe am Knie?", fragte Peter nach, als er sich das Hemd wieder überstreifte.

Nachdenklich sah Conny vor sich hin und sagte dann „Das kann ich nicht sagen. Er hatte meine Knie wohl besser im Blick, als ich seine!" Peter drehte sich zur Tür, wo jetzt Andrea erschien, die Saskias T-Shirt anhatte. „Du meinst…", fragte sie und er setzte fort „Paul ist wieder in der Stadt!" „Aber der ist doch seit fünf Jahren in New York!" „Paul? Wer ist Paul?", fragte Conny aus der Wanne.

„Unser älterer Bruder!" „Ja! Er ist fünf Minuten älter, als ich." „Und er war praktisch immer verletzt! In seiner Schulzeit hat er Unfälle magisch angezogen. Ich kenne meinen Bruder eigentlich nur mit Verband, Pflaster oder Gips!", erklärte Andrea und kniete sich zu Conny vor die Wanne. „Paul war auch der Grund, warum ich Medizin studiert habe. Im Praktikum hatte ich, dank ihm und seiner Unfälle, mehr Erfahrung, als ein Unfallchirurg nach fünf Jahren!", sagte Peter und die beiden Geschwister mussten lachen.

„Erinnerst du dich an seinen Schrei, hier in diesem Bad?" „Meine erste Operation! Mit Taschenmesser und Kombizange! Wie könnte ich das jemals vergessen!" „Es war eine saublöde Idee gewesen, die Jeans ohne Shorts zu tragen!", sagte Andrea und wischte sie die Tränen ab, die sie vor Lachen in den Augen hatte. „Eine Idee, die ihm die Vorhaut gekostet hat! Ich habe meine noch!"

Conny blickte zu Peter auf. „Aber lass jetzt bitte die Hose an. Ich habe die nicht gesehen. Die meiste Zeit hat sie in mir gesteckt! Paul also? Ist er noch hier?", fragte die Freundin. „Ich rufe mal an!", sagte Andrea und setzte sofort hinzu „Ich darf ja nicht! Kann ich dein Telefon haben?" „Ich habe aber nur die Nummer von seinem Büro in den Staaten!", sagte Peter und zog das Telefon aus der Jackentasche. Andrea ging zwei Schritte zur Seite und telefonierte.

„Ich werde also Onkel?" „Wenn meinem Kind durch die Kälte nichts passiert ist?", fürsorglich legte Conny beide Hände auf den Bauch. „Ich glaube nicht! Das ist gut geschützt. Ich würde noch mal deine Temperatur messen!" Wortlos drehte Conny ihm ihren Hintern entgegen. „Hallo? I am Andrea Hillmer from Germany. Can i speek my Brother Paul?" hörte man Andrea am Telefon. „Ach so, sie sprechen Deutsch? Gut. Wo ist er? Berlin? OK! Haben sie seine Nummer? Moment ich gehe was zum Schreiben holen!" Andrea verließ das Bad, Peter zog das Thermometer und sagte „Jetzt ist alles wieder gut. Ein Tee, eine Decke und warme Sachen sollten nun den Rest machen!" „Danke Peter!", sagten Sabine und Conny wie aus einem Mund und mussten dabei lachen.

„Bleibe noch im Wasser. Ich mache den Tee und hole deine Sachen!", sagte Sabine. „Im Zimmer im Dachgeschoss", rief Conny ihr hinterher, als sie in die Küche lief.

Auf dem Weg dorthin dachte Sabine nach. Also hatte sich Conny vor ihr wegen Peter versteckt. Und sie hatte schon geglaubt, dass Conny zu ihrer Mutter gefahren war. Als das Teewasser kochte, führte Peter die in eine Decke gehüllte Freundin in den Raum. „Deine Sachen!", rief Sabine und rannte nach oben. Das war wirklich knapp gewesen. Wenn Peter Conny nicht erwischt hätte, dann wäre es wohl zu Ende gewesen. Mit der Freundin und der Freundschaft.

34. Kapitel

Bauch und Kopf

*A*bend war es geworden. Conny saß, immer noch in die Decke gehüllt, vor dem Kamin und sah in die Flammen. Alles war gut, oder zumindest war alles auf dem Weg, um gut zu werden. Andrea hatte Paul nach ewigen Versuchen doch noch an das Telefon bekommen und er war jetzt sicherlich schon auf dem Weg. Zumindest würde er spätestens morgen hier sein, denn mit einem schnellen Auto war Berlin keine zwei Stunden entfernt. Selbst jetzt, im Winter.

Gerade räumten Andrea und Saskia das große Schlafzimmer und zogen mit ihren Taschen, immer noch halbnackt, über die Treppe in das große Zimmer im Dachgeschoss. Damit würde es für Conny mit der Ruhe da oben vorbei sein, aber sie würde in dieser Nacht sowieso nicht schlafen können. Entweder weil Paul noch unterwegs, oder schon bei ihr war.

Was würde er sagen? Hatte er auch nach ihr gesucht? Andrea hatte darüber nichts gesagt und Paul war am Telefon ziemlich kurz angebunden gewesen. Zumindest hatte die lange Suche ein Ende! Conny wusste nun, dass er Paul hieß. Paul Hillmer. Und das er ein Anwalt für internationales Recht war, der gerade an irgendeiner Verhandlung in Berlin teilnahm.

Ein Lachen zog ihren Blick zur Seite. Sabine und Peter trugen ihre Sachen in das große Zimmer und küssten sich dabei. Das war so ein seltsames Gefühl, den beiden zuzusehen. Der Kopf sagte, dass es Peter war, der zu Sabine gehörte. Der Bauch wollte aber diesen Mann, weil der noch nicht begriffen hatte, dass er Paul wollte, der Peter nur ähnelte. Zwillinge! Wer hätte das ahnen können!

Nach dem Unfall hatte Peter sie sorgfältig und fürsorglich untersucht. Er freute sich offenbar schon mehr auf das Kind, das in ihr heranwuchs, als sie selbst. Wenn das auch bei Paul nur halb so viel sein würde, wie bei seinem Bruder, dann würde alles gut werden. Sabine löste sich aus Peters Kuss, ging zur Küche und kam mit einer Tasse zu ihr. „Kakao!", sagte sie und hielt ihr das warme Getränk hin. „Mit Zimt!", setzte sie noch hinzu. Conny nahm die Tasse und den ersten Schluck.

Das war so schön in dieser Hütte. Sabine hatte ihr damals davon erzählt, trotzdem fragte Conny nach. „Hier wart ihr also damals?" „Ja!", sagte Sabine und ihre Augen glänzten. „Setz dich!" Conny sah zum Zimmer, wo Peter gerade den Koffer auspackte. „Wenn das mit euch was wird, dann wirst du Tante!", sagte Conny und Sabine setzte ihr entgegen „Was heißt hier wenn? Den lass ich nicht mehr los. Wenn Paul so ist, wie er, dann kann ich deine lange Suche verstehen!" Aus irgendeinem Grund mussten nun beide lachen.

„Ich werde mir die Spirale rausnehmen lassen! Dann kannst du auch bald Tante werden! Mit ihm habe ich mein Glück gefunden!" „Was möchtet ihr heute Abend essen?", fragte Andrea aus der Küche und setzte sofort hinzu „Saskia macht die weltbeste Lasagne!" „Na dann, Lasagne!", antwortete Conny und blickte zur Treppe, auf der Saskia gerade aus dem Obergeschoss herab kam. Nach Tagen ohne Hose hatte sie jetzt wieder die verwaschene Jeans unter dem T-Shirt an. Vermutlich der Anwesenheit von Peter geschuldet.

„Wenn ich alle Zutaten habe, dann gern!", rief sie und trat zu Andrea. Singend begannen die beiden Frauen in der Küche zu arbeiten. Zweistimmig sangen sie einen Hit von ABBA und das klang gar nicht mal schlecht. Die kurzen Unterbrechungen bei den Küssen der beiden Frauen musste man sich einfach wegdenken.

Die Lasagne verschwand im Ofen und Andrea kam zu ihnen auf das Sofa. „Ich weiß so gar nichts von ihm, außer von seinen vielen Unfällen, die ihr mir beschrieben habt." Nun begann Pauls Schwester kleine Geschichten aus dem Leben ihres älteren Bruders zu erzählen. Leider nichts Aktuelles, aber er war ja, nach ihrer Aussage, schon lange in Amerika gewesen. Der Prozess in Berlin hatte ihn in die Heimat und dadurch offensichtlich zu ihr geführt. Das konnte alles kein Zufall sein.

„Noch einen Kakao?", fragte Sabine und Conny nickte. Bevor sie aber die neue Tasse brachte, verschwand sie im Schlafzimmer und schloss die Tür hinter sich. Der Kakao würde also noch etwas dauern, zumindest sagten das die Geräusche aus dem Zimmer, die kurz darauf zu hören waren.

Conny konzentrierte sich auf die Anekdoten von Andrea, aber ihr Bauch wollte eigentlich dort in dieses Zimmer hinein. Und ihr Schoß wollte zur Ruhe gestellt werden. Die lustvollen Gefühle machten sich selbstständig. Ihr Blick ging zum Fenster und der dahinter beginnenden Dämmerung. „Komm schon!", riefen ihre Gedanken und versuchten den geliebten Mann noch schneller zu ziehen.

Woher war sie aber so sicher, dass auch Paul sie wollte? Kam er nur, um mit ihr Schluss zu machen? Das hätte er aber auch am Telefon tun können. Noch war Hoffnung auf ein Happy End! Ihr Schoß rief danach! Nein, er brüllte! Sie wollte Klarheit und sie wollte Paul. Denn das Feuer, das Andreas Geschichten und die Geräusche aus dem Schlafzimmer in ihrem Schoß entfacht hatten, das konnte nur Paul löschen. Oder im Notfall noch Tarzan!

Lächelnd dachte sie an diese verrückten Wochen zurück. Morgen war der vierte Advent und ihre Suche, die am ersten begonnen hatte, die würde spätestens am folgenden Tag enden. Hoffentlich mit einem guten Ausgang! Zumindest würde Paul dann wissen, dass er Vater wurde!

Der Duft des Abendessens zog verführerisch durch die Räume und lockte alle Bewohner in die Küche. Die Lasagne war wirklich ein Gedicht und alle lobten die Köchin, die dabei ein bisschen rot im Gesicht wurde. Aber das stand Saskia ganz gut. Als sie die Teller zusammenstellten, war von draußen das Geräusch eines Autos zu hören. Wer konnte es sein? Rosi? Oder er?

Connys Bauch kribbelte. Die Schmetterlinge waren aus dem Winterschlaf erwacht und versammelten sich in ihrem Schoß, obwohl sie da gar nicht hinsollten!

Wartend blickte sie zur Tür, bis der Mann endlich den Raum betrat. Conny flog in seine Arme! „Ich habe dich schon ewig gesucht!", sagte Paul und küsste sie. Alle Zweifel waren fort! Dann begrüßte er die anderen Bewohner mit Umarmungen und Küssen.

Nach seinen Beschreibungen hatten sie sich bei der Suche, wie Conny es damals befürchtet hatte, ständig verfehlt. Alles war gut! „Wo ist mein Zimmer?", fragte er. „Bei mir! Oben!", entgegnete sie und zog ihn hinter sich her. Nun konnte es nicht schnell genug gehen. Das Feuer in ihr musste gelöscht werden und Paul war ihr Feuerwehrmann.

Nachdem die Zimmertür hinter ihnen ins Schloss gefallen war, entledigten sie sich eiligst ihrer Kleidung. Stürmische Küsse und Liebkosungen folgten. Tarzan würde in seiner Schublade bleiben. Hier hatte ihrer beider Suche ihr Ende.

Brennend vor Verlangen umklammerte sie den nackten Mann, der sie in das Bett drückte. Der Kopf hatte Sendepause und der Bauch konnte es kaum noch erwarten, dass Paul zustieß. Kein Gedanke mehr, nur noch Gefühl. Und die beginnenden Wellen des Orgasmus. Ausgelöst allein durch seinen Kuss!

35. Kapitel

Überraschungen zum Fest!

Für sechs Personen war die Hütte am See eigentlich viel zu klein, aber praktisch blieben Sabine und Peter nur im Bett. Die anderen Paare taten dasselbe und somit trafen sie sich nur zu den Mahlzeiten in der Küche. Meist halbnackt! Saskia hatte die Zubereitung der Speisen übernommen, die ihnen Rosi brachte. Und wenn Rosi die Hütte betrat, dann sah das so aus, als ob Rotkäppchen die Großmutter besuchen würde, denn Rosi hatte ein rotes Kopftuch und meist Brot, Kuchen und Wein im Korb. Allerdings kam ihr Rotkäppchen mit dem Geländewagen. Keine Chance für den Wolf!

Schon eine Weile war Sabine wach gewesen, bevor die ersten Sonnenstrahlen das Gesicht des schlafenden Mannes neben ihr trafen. Der neue Morgen brach an und sie weckte den Freund mit einem Kuss. Der nächste heiße Sex ließ nicht lange auf sich warten.

„Wollen wir mal wieder in die Sauna gehen?", fragte Peter, der sich aus ihr zurückzog und schnaufend neben sie fiel. „Warum nicht? Ich heize schon mal ein!" „Mir heizt du immer ein!", entgegnete Peter und setzte sich auf. Sabine sprang vom Bett, warf sich ein Shirt über und lief in den Keller hinab.

Beim nach oben kommen sah sie Paul mit Andrea und Saskia vor dem Kamin sitzen. Vor Paul stand seine Aktentasche und Saskias alter Laptop. Der Herr Anwalt empfing seine Mandanten. Alle halbnackt. Er ohne Hemd, die Frauen nur im Shirt! Das war so ein komisches Bild, dass Sabine Lachen musste. Neugierig schob sie sich näher und setzte sich neben dem Mann auf die Kante des Sofas.

„Saskia, du hast das alles gut protokolliert!", sagte Paul. „Man lernt das, wenn man schon fast dreihundert Frauen vor Gericht vertreten hat!" „So viele?", fragte Andrea und Saskia setzte erklärend hinzu „Die wenigsten Frauen und Mädchen bringen ihren Vergewaltiger zur Anzeige! Dabei sind die meisten Täter aus dem engsten Familienkreis. Die dunkle Gestalt im Park macht nur wenige Prozent der Verbrecher aus. Viele Frauen kennen ihn und nur wenige reden darüber!" „Ohne die Schläge und das blaue Auge hätte wohl auch ich es einfach so hingenommen.

Danke Saskia, dass du mir geholfen hast. Danke Paul, dass du mich verteidigst!" „Keine Ursache, kleine Schwester! Und du willst das wirklich? Du wirst im Prozess trotzdem noch aussagen und ihm in die Augen sehen müssen!" „Mit euch beiden an meiner Seite, da macht mir das keine Angst! Ich will, dass er verurteilt wird! Wenn ich dem Drecksack schon nicht selbst die Eier abschneiden kann!" Andreas Stimme klang hart bei diesen Worten.

„OK! Die Anzeige geht jetzt raus!", sagte Paul und drückte die Entertaste des Laptops. „Theo wird eine schöne Überraschung unter dem Weihnachtsbaum finden. Eine Vorladung zum Gericht und eine Anklage wegen Vergewaltigung, Nötigung und Körperverletzung!" „Ich danke dir!" „Apropos Weihnachtsgeschenk! Ich muss mich anziehen, denn wenn Rosi kommt, will ich mit ihr in die Stadt. Besorgungen machen!", sagte Saskia. „Und ich weiß auch schon, was ich bekomme!", entgegnete Andrea. „Nur, wenn du brav warst!" „Ich bin immer brav!", setzte Andrea hinzu und faltete die Hände, als wolle sie beten.

Beide Frauen küssten sich über den Tisch hinweg. Dann rannte Saskia mit fliegendem

Hemd die Treppe nach oben, denn das Motorengeräusch von Rosis alten Geländewagen kam von draußen zu ihnen herein.

„Ist die Sauna schon heiß?", fragte Peter, der aus dem Zimmer in die Wohnstube trat. Sabines Blick ging über Paul hinweg zu Peter. Damit hatte sie beide Brüder gleichzeitig im Auge. Wie ähnlich sich die beiden Männer doch waren. „Gleich!", sagte Sabine und sprang auf. „Sauna klingt nicht schlecht. Was meinst du Schwesterchen?", fragte Paul und Peter erklärte „Da ist Platz für uns alle drin!"

Wenig später saßen fünf schwitzende Menschen nackt auf dem Lattenrost in dem heißen Raum. Alle Bewohner der Hütte, bis auf Saskia. Die Männer saßen den drei Frauen gegenüber.

„Ein schöner Raum!", sagte Andrea bewundernd, die sich gerade darin umsah. „Ich habe meinen Anteil vom Erbe unseres Vaters hier drin verbaut!", entgegnete Peter. „Ach ja, das Erbe! Paul, kann ich dich da noch mal was fragen?", sagte Andrea und wendete sich an den ihr gegenübersitzenden Bruder. „Na klar! Schieß los!" „Ich habe mit Theo das Geld festgelegt. Wie komme ich da heran?" „Da helfe ich dir. Was möchtest du denn damit machen? Wenn ich fragen darf?" „Bisher habe ich auf eine Eigentumswohnung gespart und es müssten schon hunderttausend Euro sein, aber jetzt möchte ich mit einem Teil Saskia und ihre Einrichtung unterstützen! Das wäre mein Weihnachtsgeschenk für meine Freundin!" Conny umarmte die neben ihr sitzende Andrea, die fast davor zurückzuckte, so plötzlich kam diese Umarmung.

„Du magst sie sehr? Oder?", fragte Peter. „Saskia ist die Liebe meines Lebens! Ich bin froh, sie gefunden zu haben. Sie macht so irgendwas zwischen euch. Anwältin für Frauen und Doktor für Frauenseelen! Und sie ist so stark!" „Ich werde sie auch unterstützen! Mit Geld und mit meinem Können!", erklärte Paul. „Und ich auch. Auch, wenn ich nicht viel Geld habe. So, als armer Arzt!", setzte Peter noch hinzu.

Wieder verglich Sabine die beiden Brüder, die ihr nun nackt gegenüber saßen. Bis auf die vielen Narben auf Pauls Körper glichen sie sich, wie ein Ei dem anderen. Besonders die eine Narbe zog nun Sabines Interesse auf sich. Die Narbe, die von Peters erster „Operation" geblieben war. Dabei war ihr Blick aber vermutlich so offensichtlich, dass Andrea ihr lachend den Ellenbogen in die Rippen stieß.

„Na was? Peter hat angefangen. Wenn er die Story nicht erzählt hätte!" „Willst du einen besseren Blick auf sein Werk?", fragte Paul und stand lachend auf. Nun hatte sie sein bestes, lädiertes, Stück direkt vor ihrem Gesicht hängen. „Das sieht schon eigenartig aus!", sagte Sabine. „Na was? Ich war fünfzehn und hatte nur ein Taschenmesser!", erklärte Peter und musste schmunzeln. „Dafür kann ich jetzt definitiv länger, als mein Bruder!", sagte Paul und setzte sich.

„Wir wollen doch hier keinen Wettkampf!", sagte Conny. „Nicht? Also ich hätte nichts dagegen!", entgegnete Peter. Die drei Geschwister lachten und Andrea erklärte „Die beiden haben Jahrelang immer wieder Wettkämpfe geführt. Immer irgendwelche Kräftemessen ausgetragen!" „Aber doch nicht solche? Oder? Sexwettkämpfe?", fragte Conny und sah Andrea an.

Das Schmunzeln von Peters Schwester war wohl vielsagend. „Also, wie gesagt. Ich hätte nichts dagegen", sagte Peter und sein bestes Stück wurde dunkler, größer und richtete sich etwas auf. „Was soll denn das für ein Spiel werden? Wer zuerst kommt, der hat verloren, mit Andrea als Schiedsrichterin? Hier in der Sauna?", fragte Conny sichtlich interessiert, während nun auch Pauls bestes Stück nachzog und sichtlich bemüht war, Peters Vorsprung aufholen zu wollen.

Ohne große weitere Vorbereitungen lagen Conny und Sabine kurz darauf nebeneinander mit dem Rücken auf der Bank, Paul und Peter über ihnen und in ihnen und Andrea gab das Startsignal.

Dieser Wettkampf war sonderbar aber irgendwie erregend! Allerdings dauerte es nicht sehr lange, bis Peter ihr den Beweis seiner Niederlage auf den Bauch spritzte, während Paul noch, neben ihr, schnaufend Conny beglückte. Das war eine verrückte Familie hier! Lachend drehte sie sich zu Conny. „Freundinnen?" „Für immer!", antwortete Conny und nahm ihre Hand.

36. Kapitel

Weihnachten mal anders

*C*onny schlug die Augen auf und ihr Blick fiel auf den kleinen Weihnachtskalender. Das letzte Türchen war noch geschlossen, aber die ersten Sonnenstrahlen, die durch das Dachfenster ihr Gesicht trafen, verkündeten den Beginn des Weihnachtstages. In der Nacht hatte sie schon die Rute bekommen, doch anders als zur Kinderzeit hatte ihr das ganz gut gefallen.

Paul lag neben ihr und sie sah in sein schlafendes Gesicht. Mit ihm hatte sie ihr Glück gefunden und alle Sorgen, alle Zukunftsängste waren nun ganz weit fort. Auf dem Bauch liegend konnte sie keinen Blick mehr von seinen lieben Zügen lassen.

Diese letzten Tage waren nur noch das Sahnehäubchen auf ihren „Fang" gewesen. Paul hatte ihr gesagt, dass er die deutsche Niederlassung der Anwaltskanzlei übernehmen würde. Sabine würde bei Peter einziehen und hatte ihr am Vorabend angeboten, die Wohnung an sie abzugeben. Die Sachen und Koffer waren ja schon dort. Die

Wohnung war groß und ein Kinderzimmer gab es damit auch. Paul freute sich ebenfalls auf das Kind und alles war perfekt.

Am Tag zuvor hatten Conny, Andrea und Paul, im Keller wie Verschwörer sitzend, beschlossen, dass sie mit Andreas Erbe Saskia und Peter unterstützen wollten. Paul hatte ebenfalls seine Unterstützung zugesagt und somit waren zwei Schecks über jeweils 50.00000 € zusammengekommen, mit denen sie die Frauenunterkunft und Peters Suche nach einer Praxis unterstützen wollten. Die beiden von ihr gebastelten Schecks würde es als Weihnachtsgeschenk geben.

Das rhythmische Klopfen an der Wand zeugte davon, dass Andrea ihr Geschenk bereits erhalten hatte, das Saskia heimlich in die Hütte geschmuggelt und das sie am Tag zuvor zusammen, schmunzelnd, eingepackt hatten. Die Geräusche weckten nun auch Paul. „Guten Morgen, meine Schöne!" sagte er und sie wusste, dass er log, denn morgens war sie selten wirklich schön.

Sie küsste ihn und er strich zärtlich über ihre Wange. Anschließend glitten seine Finger durch ihr Haar und streichelten ihren nackten Rücken.

Das Gefühl war einfach nur himmlisch! „Mehr!",
schrie ihr Körper und sie konnte sehen, dass auch
sein Körper mehr wollte.

Paul rollte sich auf ihren Rücken und Conny
krallte sich schon vor Lust in das Laken. „Ent-
spanne dich und genieße es!", hauchte Paul, während er ihr schon die Beine auseinanderschob.
Einen Augenblick später spürte sie seine pralle
Spitze dort, wo bisher nur Peters Thermometer in
ihren Körper eingedrungen war. Das Gefühl war
seltsam, aber prickelnd und erregend. Verlangend
hob sie ihm ihren Hintern entgegen.

Vorsichtig glitt Paul in ihren Körper und verharrte danach, tief ihn ihr, für ein gemeinsames
tiefes Stöhnen. Der Druck in ihrem Unterleib war
überwältigend und nahm ihr fast den Atem. „Oh
mein Gott!", seufzte Conny und die Wellen der
Lust brandeten durch ihren Körper, als er begann,
sich langsam in ihr zu bewegen.

Allerdings stöhnte er bereits nach wenige
Stößen „Du bist so eng!" und pumpte ihr seinen
Weihnachtssegen in den Leib. Diesen Wettkampf
hätte er bestimmt gegen seinen Bruder verloren.
Vielleicht! Aber eventuell konnte Conny darüber

mit Sabine, Peter und Andrea mal reden. Diese Familie war ja sehr seltsam, aber sie war froh, nun bald ein Teil davon zu werden.

Schwer fiel Paul auf ihren Rücken, glitt aus ihr und rutschte zur Seite. Ein neuer Kuss folgte und er sagte „Mit fast dreißig kann man schon mal an eine Familie denken! Möchtest du mich heiraten?" Dieser Antrag kam ziemlich überraschend und sie brauchte einen Wimpernschlag, bevor sie „Ja!" hauchen konnte. Erneut küsste er sie ziemlich leidenschaftlich.

Alles würde gut werden. Mann, Frau und Kind. Oder Kinder, so wie sie es sich immer vorgestellt hatte.

„Lass uns duschen gehen!", sagte er und zog sie aus dem Bett, obwohl sie noch mehr seiner zärtlichen Zuwendungen haben wollte. Lachend liefen sie nackt nach unten zur Dusche, aus der gerade Sabine mit Peter kam. „Wir wollen heiraten!", sagte Sabine und Conny entgegnete „Wir auch! Hallo Schwägerin!" Beide Frauen lachten und fielen sich nackt um den Hals. „Doppelhochzeit!", sagten die beiden Männer nur und nickten sich zu.

Unter der Dusche holte sich Conny anschließend das von Paul, was er ihr zuvor im Bett verweigert hatte.

Eine Stunde später fand sich die Familie am Tisch in der Küche zum gemeinsamen Frühstück ein. Andrea erzählte ihnen, dass auch sie und Saskia heiraten wollten und zusammen beschlossen sie, aus der Doppelhochzeit einen „Flotten Dreier" zu machen, wie es Paul so treffend auf den Punkt brachte.

Beim Essen sah sich Conny in dem Raum um. Es war doch Weihnachten und hier fehlte eindeutig der Baum! Da sie in den vergangenen Tagen alle kaum aus ihren Betten, geschweige denn aus ihren Zimmern, gekommen waren, war auch die Dekoration der Hütte etwas in das Hintertreffen geraten. „Weihnachtsschmuck steht noch unten im Keller!", stellte Peter, auf ihre Frage hin, fest.

Die Frauen beschlossen, die Hütte festlich zu dekorieren, während die Männer in den bitterkalten Tag geschickt wurden, um einen Baum zu organisieren. Aber Peter kannte den Förster und damit würde das sicher auch am Weihnachtstag kein Problem sein.

Vier Frauen wirbelten durch alle Zimmer. Zuvor hatten sie Rosi und deren Verlobte Maxi telefonisch zum Fest eingeladen. Die festliche Stimmung hatte alle ergriffen. Aus dem Radio klangen Weihnachtslieder, die sie mitsangen und der Duft von Saskias weihnachtlichem Backwerk zog durch die Räume.

Als sich Conny zum Ofen herab beugte, um die Plätzchen zu kontrollieren, da hörte sie hinter sich, wie Paul rief „Conny, wir haben einen Baum! Und bei dem Anblick habe ich auch einen Ständer", denn Conny trug nur ein T-Shirt und hatte den Slip fortgelassen. Damit bot sie den beiden Männern gerade einen sicherlich wundervollen Blick auf ihre blanke Kehrseite. Sie richtete sich auf und blickte über ihre Schulter zurück, um den Weihnachtsbaum zu begutachten. „Der ist aber schön!", stellte sie bewundernd fest. Danach sah sie zu den beiden Männern.

Angezogen konnte sie die beiden nicht auseinanderhalten. Sie trugen auch noch fast dasselbe! Anorak, Jeans, Pudelmützen und Handschuhe. „Wer ist denn nun wer?", fragte sie und drehte sich vollständig zu ihnen um. Andrea trat in der Küche zu ihr und antwortete „Das ist doch ganz einfach. Paul hat die grüne Jacke. Das lernst du auch noch!"

„Irrtum Schwesterchen! Wir haben draußen die Jacken getauscht!", sagte Paul und lachte. Er stellte den Baum in die Ecke wobei Connys Blick wieder zwischen den beiden Männern hin und her ging. „Vielleicht sollten wir das Fest nackt feiern? Da kann ich euch beide wenigstens auseinanderhalten!", stellte Conny fest. „Da bin ich dabei!", rief Sabine und beide Frauen streiften sich lachend die T-Shirts über den Kopf. „Jetzt habe ich auch einen Ständer!", sagte Peter und lachte nun ebenfalls.

„OK! Ich schließe mich euch an!", verkündete schließlich auch Andrea und knöpfte sich die Bluse auf. „Nudistenweihnacht? Warum nicht!", entgegnete Paul.

Saskia kam aus der Küche und stand damit vor drei nackten Frauen und zwei Männern, die sich gerade auszogen. Ihre Gesichtsfarbe verriet, dass ihr das gerade ziemlich peinlich war. „Lass deine Selbstzweifel! Du bist wunderschön!", rief ihr Andrea zu, die ihre Bluse gerade auf das Sofa warf. Zögerlich zog sich Saskia das Shirt über den Kopf. Danach hielt sie das Kleidungsstück mit beiden Händen vor ihren Schoß, knüllte den Stoff schüchtern zusammen, schlug ihre Lider nieder und sah zu Boden. „Du bist wirklich schön!", sagte nun Conny und alle Anwesenden bestätigten das. „Aber zum Kochen trage ich eine Schürze!", sagte sie und warf Andrea ihr Shirt zu.

„Was machen wir mit Rosi? Die haben wir doch eingeladen?", fragte Saskia. „Ich kenne Rosi! Die macht da sicher mit! Und wenn wir sie fragen, dann wird es wohl eine Viererhochzeit!" „Fein! Wir sollten ab jetzt jedes Jahr so feiern! Frei und ungezwungen!", rief Conny und alle stimmten ihr sofort zu.

Weihnachten konnte kommen! Sie war hier zu Hause! Bei diesen lieben Verrückten! Alles war gut! Conny flog auf Paul zu und er umarmte sie. „Frohe Weihnachten!", sagte Paul, hob sie an und küsste sie.

ENDE

Von Uwe Goeritz im Verlag BoD (Books on Demand, Norderstedt) ebenfalls erschienene Bücher:

„Cecilia im Bann der Liebe"
ISBN lautet: 978-3-7392-4583-6
Altersempfehlung: ab 16 Jahre

   112 Seiten für 6,49 Euro

„Für Immer an deiner Seite"
Die ISBN lautet: 978-3-7412-8407-6
Altersempfehlung: ab 16 Jahre

   112 Seiten für 6,49 Euro

„Die Liebe ist (k)ein Ponyhof"
Die ISBN lautet: 978-3-7412-7920-1
Altersempfehlung: ab 16 Jahre

   116 Seiten für 6,49 Euro

„Griechische Küsse"
Die ISBN lautet: 978-3-7448-7274-4
Altersempfehlung: ab 16 Jahre

   116 Seiten für 6,49 Euro

„Liebe hinter Klostermauern"

Die ISBN lautet: 978-3-7448-8973-5
Altersempfehlung: ab 16 Jahre

120 Seiten für 6,49 Euro

„Ein Pflaster für die Seele"

Die ISBN lautet: 978-3-7460-7947-9
Altersempfehlung: ab 16 Jahre

112 Seiten für 6,49 Euro

„Das Tor zum Paradies"

Die ISBN lautet: 978-3-7528-5837-2
Altersempfehlung: ab 16 Jahre

124 Seiten für 6,49 Euro

„Ein Kater rettet das Weihnachtsfest"

Die ISBN lautet: 978-3-7481-2863-2
Altersempfehlung: ab 16 Jahre

236 Seiten für 8,49 Euro

„Aurelia - Geliebter Engel"

Die ISBN lautet: 978-3-7494-5128-9
Altersempfehlung: ab 16 Jahre

244 Seiten für 8,49 Euro

„Sieben Nächte im Paradies"

Die ISBN lautet: 978-3-7347-6647-3
Altersempfehlung: ab 16 Jahre

244 Seiten für 8,49 Euro

„Drei verrückte Weihnachtswünsche"

Die ISBN lautet: 978-3-7494-8575-8

Altersempfehlung: ab 16 Jahre

172 Seiten für 6,49 Euro

„Ein besonderes Praktikum"

Die ISBN lautet: 978-3-7528-4866-3

Altersempfehlung: ab 16 Jahre

248 Seiten für 8,49 Euro

„Aurelia – In himmlischer Mission"

Die ISBN lautet: 978-3-7519-1416-1

Altersempfehlung: ab 16 Jahre

244 Seiten für 8,49 Euro

„Groupies tragen keine Ringelsöckchen"

Die ISBN lautet: 978-3-7519-8353-2

Altersempfehlung: ab 16 Jahre

136 Seiten für 6,49 Euro

Aktuelle Informationen und Neuerscheinungen finden sie immer im Internet unter:

www.Goeritz-Netz.de